MEUSE L'OUBLI

Écrivain traduit dans le monde entier, Philippe Claudel est aussi cinéaste et dramaturge. Il a notamment publié aux éditions Stock *Les Âmes grises*, *La Petite Fille de Monsieur Linh*, *Le Rapport de Brodeck*, *L'Arbre du pays Toraja* et *L'Archipel du Chien*. Membre de l'académie Goncourt, il réside en Lorraine où il est né en 1962.

Paru au Livre de Poche :

LES ÂMES GRISES
L'ARBRE DU PAYS TORAJA
L'ARCHIPEL DU CHIEN
AU REVOIR MONSIEUR FRIANT
LE BRUIT DES TROUSSEAUX
LE CAFÉ DE L'EXCELSIOR
COMPROMIS
DE QUELQUES AMOUREUX DES LIVRES…
L'ENQUÊTE
IL Y A LONGTEMPS QUE JE T'AIME
INHUMAINES
J'ABANDONNE
LE MONDE SANS LES ENFANTS
LE PAQUET
PARFUMS
PARLE-MOI D'AMOUR
LA PETITE FILLE DE MONSIEUR LINH
QUELQUES-UNS DES CENT REGRETS
LE RAPPORT DE BRODECK
TRILOGIE DE L'HOMME DEVANT LA GUERRE (*Majuscules*)
TROIS PETITES HISTOIRES DE JOUETS

PHILIPPE CLAUDEL
de l'académie Goncourt

Meuse l'oubli

ROMAN

STOCK

La première édition de ce livre a paru en 1999 aux Éditions Balland.

ISBN : 978-2-253-07063-4 – 1re publication LGF

À la jeune ombre de Valérie S.
à tous mes morts

Dans la lumière de Dominique

Il reconnaît ces yeux que souffrir a fait mauves

ARAGON

Je buvais souvent alors de ces petits vins blancs du Rhin, sans nom, en pensant fort au cul de Paule. C'était dans d'arrière-salles borgnes de cafés flamands, au pied d'un fleuve qu'un parcours d'abandon, tout en rondeurs, rendait gras et lent. Rien, là, ne me reliait au monde si impétueusement vénal de notre fin de siècle. La Belgique a ses antres et j'y somnolais comme dans une chaude bauge, ne songeant pas plus à la souffrance des autres que l'animal à Dieu. N'en déplaise à Baudelaire, dont je garderais toutefois dans mes naufrages l'œuvre impeccable – au moins, pour écrire vrai, quelques pièces –, la Belgique est le dernier songe d'une Europe affadie. Elle a élevé la brique au rang de marbre en feu et la quiétude qu'elle dispense permet, aux peu pressés dont je suis, l'illusion que la lenteur vaut zénith en art de vivre.

J'aimais Paule dans ce pays, et tout m'y était plaisir : plaisir du rêve comme de l'ouïe que le vent de mer appelle jusqu'au profond terrier des sapinières, plaisir des saveurs, de bouche, de gorge certes, mais aussi de toucher à l'image de mes mains qui lambinaient sur l'écorce du pain ou des arbres, le bras nu d'une servante imaginaire, le ventre d'un brochet.

Les joues tendues des gras bourgeois de Malines que le fil du rasoir vient à peine de polir, et qui en religion boivent dans les estaminets, apposaient sur la géographie de mes envies un nouveau *lieu* quand je me surprenais à me penser un jour âgé, fumant la pipe face au verre de genièvre qu'une coquine aurait apporté sur la table.

Des heures passeraient au retour d'un carillon ; j'entendrais les sonnettes des hautes bicyclettes que chevauchent des filles trop tôt perdues au-delà des angles, et puis il y aurait la nuit, l'ivrogne qui trébuche, la porte du café, la fillette apeurée qui s'enfuit en courant, une lame de lune à peine teintée sur un pavé plus saillant que d'autres, l'odeur autour des lèvres du pieux alcool de baies... notre chambre de vieux couple, oreiller de plume, drap au chiffre balkanique, broc en faïence.

Paule avait quelque trente ans et des seins de rodomontade, oui de *rodomontade*, même si cela ne veut rien dire : ainsi avais-je, un soir trouant le fog d'une jetée d'Ostende, béni sa poitrine que mes doigts chahutaient. La chair a ses commandements que le vocabulaire peine à épouser, et le mot incongru avait de lui-même éclos, poussé, grandi dans ma pensée, sur l'heure toute à la chaleur emprisonnée juste dessous les seins pesants de Paule.

Celle-ci claquait des dents, et de rire et de froid, décembre en plein visage ; les vagues si hautes nous giflaient de brisures d'eau pareilles à des silex. Saoul de beaucoup de breuvages et d'envie, je brandissais ses mamelons à la mer hurlante, les tirant, les pressant haut levés, mes paumes dans leur chaleur, Paule riait, transie, et moi qui gueulais « Rodomontades, rodomontades... tu m'entends, Du Nord (c'est ainsi qu'avec une condamnable bizarrerie, ce soir-là, je nommais la mer) ! Elle a des seins de rodomontades... ».

J'ai fini par vomir par-dessus le parapet tant la jetée s'était mise à tanguer. Mais même ainsi, vidé d'éructations et l'abdomen en querelle, j'avais toujours entre mes mains, ne voulant les délaisser, les denses, tièdes, auréolés, lisses, calligraphiés de veines bleues et roses, suaves seins de Paule.

En ce temps-là, ma nature était mon maître.

J'aimais me laisser vivre et faisais mienne toujours la devise du peintre du retable : *Als ij kan.*

Je vivais dans l'incommensurable amour de Paule, comme s'il s'était agi d'un pays.

Je songeais à des romans.

Puis Paule est morte.

Le paysage s'est ouvert aux massacres. J'ai découvert combien il y avait peu de la grâce au vide.

Tout cela n'est guère loin, et pourtant je suis autre. Il me semble que mille ans de pleurs, de rire et de fatigue, et de nuits où le dégoût de vivre pesait à mes basques de lâche, oui, tout un continent entier de fange et de remords a fini par épuiser le mien, et m'a laissé, hâve gerçure.

Des jours durant, j'ai décliné le visage et le nom : « Paule, ma Paule, ma petite Paule du bord de mer, du centre des terres sous les volées d'orage, des soirs de Gand et de Lille », j'ai brassé ses cheveux et sa nuque, ses épaules et ses cuisses, le rire dans ses yeux, et je tentais de l'unir, ma Paule en allée, à l'impossible mot… *morte, morte, morte…* j'essayais, au-dessus de mes forces, de planter dans ma tête sa mort, « sa *grande* mort » me disais-je, comme si en démesurant l'impossible événement, je serais parvenu à le rendre plus humain.

Je voulais me dégoûter d'elle et de sa beauté, du souvenir de sa nécessaire présence, Paule cadavre, qu'elle pourrisse en ma mémoire, pensais-je, « pourrisse très doucement », et que je puisse moi aussi glisser vers son silence, la rejoindre dans les cendres.

J'avais dit merde à mon travail. Ne sortais plus le jour. Vivais en fauve.

L'appartement de la Kammerstraat retenait dans son gros ventre d'immobilité toutes les phosphorescences de notre amour, et c'était un chemin de croix chaque heure renouvelé, que de croiser les objets et les vêtements que Paule avait achetés, touchés, portés, et sur lesquels son odeur de laine, de tabac blond et de lilas, restait encore, encore et encore, à me faire vomir d'hébétude, et m'enfoncer plus au-delà dans la nuit du froid de ma tripaille qui n'en pouvait plus de ne pas crever. D'être là. De sentir le cognement des veines sur le front et dans le cœur. Tandis qu'elle…

Chaque matin, je redevenais veuf en m'éveillant du sommeil où l'alcool m'avait versé, et courais dans les toilettes y dégueuler mes rêves, des rêves où toujours arrivaient vers moi, comme au premier jour de notre rencontre dans le bel été de la Flandre, la lenteur de la beauté de Paule, son rire et ses baisers, sa voix, le grand soleil *qui me montait à la tête* sous les fleurs d'acacia, les premiers mots dans les jardins de Lochristi, là où viennent, dit-on, les plus belles des fleurs du monde, quand, perdu en contemplation devant des brassées d'astres jaunes sortant de jarres toscanes, j'entendis une voix, *la* voix, sa voix, me donner les mots « ce sont des anthémis… ».

J'ai appris que les hommes supportent quelque temps le désarroi des autres, les plaignent avec une profonde et très passagère sincérité, puis perdent patience à la vue d'un malheur qui bégaye : « Bon Dieu, secoue-toi, tu ne sors même plus, tu commences à puer, mon vieux ! Ouvre les fenêtres, elle te l'aurait dit, Paule t'aurait dit... il faut continuer, la vie continue, elle te l'aurait dit, je te jure... »

Le fumier qui m'avait ainsi un jour réconforté était gras de bonheur, tout rose comme un lard un peu frit qui suppure au creux fumant d'un beau chaudron. Il regardait par la fenêtre les enfants qui allaient à l'école, évitait mes yeux, songeait sans doute à sa femme pleine d'une santé vachère, en imaginant ma Paule morte.

J'implorais l'ombre de Paule. Mais Paule était dans l'absence, sujette du retrait et de l'ombre, livrée à la terreuse opacité du cimetière de Mineelsen, aux petits animaux, au peuple gîté dans les marnes, déjà peut-être démembrée dans l'entrelacs des racines qui se glissaient vers sa bouche et sa gorge, rongée ma Paule, lèvres crénelées, délices des fourmis et des vers, « Je mettrai de belles fleurs à votre dame » m'avait dit la gardienne, « Qu'est-ce donc que les fleurs ? » avais-je pensé.

Paule ne pouvait revenir jusqu'à moi, pas plus que son éclat ne pouvait terrasser l'imbécile qui maintenant me tapait sur l'épaule, triturait mes articulations avec une force proportionnée à l'amitié qu'il entendait me rendre.

La bouteille valsa. Cela s'était fait tout seul. Un soulagement. Comme lorsque enfant on joue à se noyer et que l'on quitte le fond de la rivière et sa vase pour chercher, en poussant des pieds, à pleins poumons, fébrile, l'air bleu deviné, la vie.

Je me suis vu lancer la bouteille. J'avais besoin de meurtrir le pantin qui parlait à la place de Paule, de lui en foutre plein la gueule, à lui qui savait ce qu'elle m'aurait dit de faire, ce faux frère repu de gentillesse, et de son bonheur aussi, qui le faisait giguer devant moi, moi qui étais seul et nu, à terre, barbe de saint malade, le corps jaune, immonde de crasse, de peine et d'excréments séchés, veuf aux flancs de serpe de chien des rues.

Un peu de sang coula. Le goulot l'avait atteint au moment où il renouait le nœud de sa cravate.

Paule en moi riait, heureuse. Je grelottais. Il sortit en haussant les épaules, le sang en quelques petites larmes rouges perlait aux yeux des éléphanteaux qui, sur l'étoffe de sa cravate, transportaient vers de lointains palais de très légers maharadjahs.

La nuit de ce 5 octobre, soixante et unième jour, vint me cueillir une fois de plus chez Fred, le café pour Arabes du bas de la rue où chaque soir depuis l'enterrement, je brandissais mon malheur sous des musiques de fantasia, des mirages de palmiers en plastique, et lui donnais le vin, la bière, tous les alcools qu'il exigeait pour se taire ou se fortifier dans mon dos.

La nuit donc, la soixante et unième depuis ta mort, ma petite Paule, ma lueur. Jusqu'à quand devrai-je les compter ? Celle-là, une autre de plus. Combien de nuits encore, moi le si peu vivant, et ne voulant plus l'être.

Cela ne changeait rien. Je parlais aux verres, emmerdais les buveurs, esquissais des pas de tango accroché à ma veste comme à la croupe d'une putain, moi le fils de l'une d'elles, moi que Paule, solaire, avait illuminé et sorti de la boue du souvenir de cette mère publique, livrée, payée, étouffée d'empreintes... Elle, la seule, Paule, qui avait su regarder cela en moi. Qui avait su l'extirper, m'en défaire avec patience au cours des mille huit cent soixante et trois jours de notre amour, au long des mille huit cent soixante et deux nuits de notre amour. Paule qui m'avait appris ce qu'est une femme.

Et ce soir-là depuis longtemps sans doute, mon ami le fumier s'était fait suturer la joue. Il dormait chaudement, la plaie posée sur les seins tiédis de son épouse, dans un monde qui n'était plus le mien, pour des heures qui ne m'atteignaient plus.

J'avais les fesses sur le trottoir, mes mains dans une flaque, les paumes un peu écorchées et dans mon esprit la peur de me faire disputer en rentrant à la maison par le fantôme de ma salope de mère, comme lorsque j'étais petit.

Il y avait eu chez Fred une vague bagarre à propos de la couleur exacte du Sahara et de ses reflets, nuance de rose et de miel selon les uns, soufre recuit pour les autres, puis des coups, des cris, la porte du café claquant contre ma main, je ne savais plus trop. La pluie dans mes cheveux. Un chien flairait une poubelle. Des relents de légumes épluchés et pourris, quelques coups de frein, bien au loin…

Ne meurt pas qui veut.

« Au lieu chaque soir de nous gueuler ton histoire, tu ferais mieux de l'écrire, ce serait plus paisible. »

Quel patron de bistrot m'avait ainsi défié et renvoyé à mon piètre miroir ? Fred ? Jhongkers, le maigrillot branlant du Cul de Dieu ? Le vieux Streponi du café Salamandre, avec son accent des Pouilles, ses mollets de campeur et sa digne cirrhose ?

Je ne sais plus. Tous les troquets de Gand me virent tituber pendant les semaines qui suivirent la mort de celle que jadis je nommais, dans les grands soirs ensirupés de lyrisme et de vin de groseille, *ma caressante.*

Il est vrai que j'ai tant promené, jusqu'à lasser sans doute, le cul de Paule, ses seins, et tout le reste dans mes pérégrinations d'ivrogne fraîchement veuf !

Qui ne l'a donc connue au travers de mes brailleries d'aube, soupes rances de bières et de mots dont je régalais mes frères d'une nuit ? Bien des hommes dans leurs rêves ont couché avec elle, grâce à moi, cela je le jure, sans même avoir jamais vu son visage ni son étoile-cicatrice dont elle avait la nuque ennoblie.

La fable était à dire, mon amour à crier vers toutes les oreilles timbrées de *stout*, de *gueuze* ou de *lambic*. Combien de fois ai-je pu déclamer nos étreintes, les chanter maladroit devant un public qui ne demandait rien ?

Parler m'est un délice ; écrire, bien autre chose. Où donc Paule, si ma voix ne résonne pas, mettre notre moiteur ? Le dessin de tes cheveux que la taie transfigurait, sans mes mains pour le dire ? Et tes gueulées, ma belle Flamande au teint de sable et de framboise ? Tes larges nuits, hanches déployées comme les voiles d'un brick d'acajou ? Tes yeux de septentrion où le gris ardoisier s'abouchait au vert de menthe selon les nuages du ciel, la fin d'une saison ?

J'aimais ton ignorance du mal. Tu vivais dans la lande des simples. Et moi, mis au ban, il ne me reste plus qu'à relever le gant, ne serait-ce qu'en souvenir.

Il aurait mieux valu envoyer tout promener quand il en était encore temps. Me ressaisir, baiser le premier cul. Reprendre le travail, le mien, qui n'était pas plus idiot qu'un autre. Ne pas trop m'attacher, garder notre regard. Je serais devenu l'ignorant, et puis les jours, les rides, les petits vins auraient fait le reste. Mais il aurait fallu reprendre des routes que tu avais prises, revoir des visages que tu avais connus, répondre à des questions, et toujours ainsi contempler ta mort dans les mots des autres, l'éternité rejouée de ta mort.

Depuis longtemps, j'avais commencé à m'enfermer en toi. À nous séparer du monde et ne plus le relier à nos vies, la mienne forte, la tienne fuyante. C'est tout comme cette guerre qui tuait au loin de nos étreintes, dans les ultimes embrasements à l'approche de ta mort, cette guerre dont je me foutais bien : il pouvait fleurir des cadavres sur les pages des journaux, cela m'était égal. Les enfants couchés au côté de leur mère, petits sarments tordus par le feu, si peu reconnaissables, sauf l'un au visage épargné dont les cils abattus s'ornaient des gouttes claires d'une pluie de mousson – je me souviens très bien de ce détail –, m'étaient cinématographiques. Tes insomnies, tes premières douleurs véritables m'émouvaient davantage. Ton plaisir et sa progressive disparition, plus que le reste, pour chavirer en moi ma droite humanité.

Il fallait que je foute le camp et délaisse les lieux. À d'autres… M'ouvrir à la route puisque le courage de m'ouvrir les veines, je ne l'eus pas. J'en eus le désir mais jamais l'audace, tant m'arrêtait la peur qu'il n'y eût vraiment pas d'après et que je ne puisse alors plus espérer revoir Paule dans l'illusoire paradis de quelque croyance, la revoir ne serait-ce qu'une seconde en me retournant, par exemple, dans la décapitation des sommeils qui bordent nos vies. Eurydice, Euridyce…

Au moment de partir, j'ai quand même glissé les trois lettres de Paule et son pull angora dans la valise. Le reste en plan. Quitter *notre* appartement, *notre* ville, le cimetière qui sur les très anciennes cartes ressemble à un lac aux rives sèches, et m'éloigner de la tombe, de tous les troquets de l'affliction, partir « dans le bruit neuf », comme disait l'autre.

L'oubli viendra, me disais-je, pour le visage, le corps, les sons… l'oubli… le pire est que le temps m'a donné parfois avantage, moi le piteux, et j'ai en mémoire aujourd'hui une autre Paule, recréée, née d'une vivante de naguère et qui occupe impalpablement mon esprit fouetté d'alcool et de mélancolie. Une sœur sans passé.

Il m'a fallu faire des kilomètres au hasard et multiplier les carrefours. Je voulais mettre un labyrinthe définitif entre la Terre de la vie de Paule, et le monde où il me faudrait durer sans elle.

Sur les départementales ornées de fougères, à vitesse démesurée, prenant les virages comme des coupes de poison, il m'est souvenu d'un soir où Paule regardait le beffroi de la fenêtre de notre chambre. Elle n'avait pas allumé la lumière. La tour de pierre touchait sa tempe. Il me semblait que des feux crépitaient alors que nous n'avions pas d'âtre. Entre elle et le beffroi, c'était comme une parenté de torpeur. J'avais soudain pensé dans un pressentiment, alors que nous ignorions tout de son mal, à la mort et aux pierres, aux gisants de Saint-Luc, à la belle main d'Isabeau de Guélandre que le sculpteur a finement dénuée de chair, aux péniches dont les coques goudronnées se tordent et craquent quand la glace endort les bras lents des rivières.

Peut-être ce jour-là sans me le dire, Paule s'élançait-elle déjà vers la cendrée des nuits où le vivant s'épuise.

Dans ma fuite, Paule ne m'avait pas quitté. J'avais roulé des centaines de kilomètres, sans trop savoir vraiment. Il y avait eu des soirs, puis des matins. Les paysages se sont effacés ; tout comme les villages, les visages, les sentiments qui occupaient mon âme. Je ne me souviens plus qu'avec crainte de quelques détails passagers : un viaduc qui se courbait vers un bois de bouleaux et de mélèzes, deux poules énormes dans les phares, l'une crissante sous la roue avant gauche, de courtes forêts.

Je parlais à Paule, à voix forte et haute. Lui disais cette neige à pleines poignées dans mon ventre lentement versée et qui m'aiguillonnait. C'était le début de sa légende, lorsqu'elle n'était plus là pour m'apporter son rire ou la contradiction.

Rien ni personne sur le siège du passager. Un pull sur la banquette arrière.

Il a bien fallu que je m'arrête un jour. C'était à Feil... J'ai compris là que c'en était fini de la Terre de Paule, allez savoir pourquoi ! C'est une petite ville d'une grande banalité, qui ressemble à beaucoup d'autres, mais il m'a semblé que c'était le premier lieu étranger à Paule. Elle n'était nulle part, rien ne la faisait apparaître.

Sur un banc de la place, j'ai fumé mes dernières cigarettes. C'était le début de l'aube. Le tabac se liait à l'odeur rouillée des branches de tilleul.

Au matin, un gars en bleu de chauffe, avec une pioche sur l'épaule, m'a indiqué la maison d'une logeuse, une certaine Madame Outsander : « Là-bas vous trouverez une chambre briquée comme un sou ; la patronne a grandi sur les bélandres, l'intérieur s'en souvient. »

Ce rappel de propreté marinière a fait resurgir les images de canaux pareils à des lignes aquarellées sous les beaux ciels de la Gueldre. Enfant, je comptais les péniches, évaluais les tonnages, devinais l'état de la cargaison, sa nature, et dans mon alchimie de sept ans le charbon de Pologne fondait sous l'or du rêve. Parfois, les vents s'engouffraient en farce dans le linge qu'une femme en sarrau avait tendu entre deux gabrilles : les chemises vivaient d'un gros corps de baudruche, les pantalons se bourraient de cuisses transparentes. Claquements, bannières communes, étendards de coton... Je voyais des vies d'hommes et de femmes qui me paraissaient douces de tendresse, et des garçons de mon âge que l'on choyait comme des agneaux. Dans le mai des fleurs de pommier, une paire de bas miraculeux rejoignait quelques fils de la Vierge perdus dans ces campagnes. Je mâchais les tiges d'une herbe qui pour moi avait goût de cannelle. J'espérais des bonheurs. La beauté du paysage augmentait ma tristesse.

C'était au temps où Paule n'existait pas.

Je suis donc allé chez Madame Outsander. La porte s'est ouverte avec circonspection sur le visage envahi de kystes d'une grosse et vieille femme. Passé la méfiance – à quoi pouvais-je ressembler ! – il est venu un grand sourire dans ses yeux et l'espace d'un battement de paupières, on aurait dit qu'une très lointaine jeune fille prenait, le temps d'une mascarade, les traits d'une dame fanée.

J'ai vu les photographies de son défunt accrochées dans l'entrée. Le crêpe noir qui barre les cadres s'était essuyé de gris durant toutes les années de veuvage, et le mort en frac, sous l'uniforme du *Génie*, ou bien encore rieur, l'air ficelle, le canotier canaille rejeté vers la nuque, ressemble au petit-fils qu'elle n'a pu avoir.

Sur la droite de l'un des portraits, à même la tapisserie, sont épinglées trois décorations jamais portées ainsi que les épaulettes un peu tachées qu'on lui remit jadis en même temps que le télégramme. Un bouquet d'immortelles repose en dessous, sur une commode basse. Partout, comme une épaisseur, l'odeur de la cire d'abeille et des fleurs sèches.

Il doit y avoir des milliers d'intérieurs comme le sien, dans la Flandre, la Thuringe ou l'Angoumois, des milliers d'entrées pavées de reliques, des milliers d'émotions taries par les étés et fouillées de nouveau au long des hivers de sel, comme il y a des milliers de jeunes cadavres dans les boues de Verdun et d'Argonne, et qui, sans mot dire mais les pupilles écarquillées, n'en finissent pas de mourir au creux profond des glaises.

Tout cela ne m'a pas déplu : ce culte du mort, la surdité de Madame Outsander, et aussi le gros escalier ciré qui tourne jusqu'au grenier et me fait penser à une incroyable gravure à thème métaphysique, le parfum d'oubli de la petite maison de brique, celui que l'on devine dans les pots de confitures alignés sur une étagère à feston.

Je suis donc resté après que la vieille dame m'a offert une puante tisane d'églantier et que nous sommes convenus du prix.

Pour la première fois dans mon âge adulte, je m'apprêtais à vivre près d'une femme sans coucher avec elle. J'avais un peu d'argent, de quoi survivre avec lenteur et dans le détachement d'un spectre sans avenir.

Dans la ville de Feil, trois épiceries, un tabac, deux boucheries, une mercerie qui vend aussi des articles de pêche et possède un stock curieux de boîtes en fer-blanc, deux boulangeries dont l'une fait aussi dépôt de gaz et de charbon, une pâtisserie et quatre cafés composent l'essentiel des commerces.

Le tabac est aussi bureau de presse, et de poste. On y trouve quelques livres, policiers pour la plupart, un rayon papeterie où dorment trois piles de cahiers *Le Conquérant*, l'une bleue, l'autre bistre, la troisième verte, mais les trois couleurs avec les ans ont perdu de leur âpreté jusqu'à devenir de pisseuses teintes inégalement répandues sur le cartonnage où un chevalier en armure, figé dans son galop, pointe sa lance.

J'en ai acheté trois, ainsi qu'un guide touristique, vieux de trente-huit ans. La page de couverture arrière est restée collée au présentoir quand je l'ai pris en main. Le buraliste, un obèse à tête d'enfant triste, a tenu à me faire un prix. On y lit :

Feil : (...) encore une de ces délicieuses petites bourgades de l'Ardenne, dominant une Meuse qui au cours des siècles lui a offert protection et richesse. Aujourd'hui, et cela depuis un siècle et demi, Feil se nourrit de l'ardoise que son sous-sol recèle en une quantité inépuisable. Les quais du fleuve accueillent les péniches et les bruits des chargements, les chants des équipages venus de l'Europe entière remontent dans la ville aux rues étroites pleines d'une allègre animation.

Église du XVIe *siècle ; vestige de la Via Apollonia, site panoramique de la Roche aux Larmes, spécialité de boudin à l'oignon.*

L'hôtel du Sanglier a clos ses persiennes depuis trois années m'a-t-on dit, tout comme de nombreuses maisons ; les rues sont laissées aux chats, un peu d'herbe dispute au pavé son royaume et la station-service se festonne de rouille. C'est en partie à son fantôme cocasse que je dois mon arrêt dans le bourg. J'ai pris la panne sèche comme une métaphore de ma vie.

Au premier soir chez Madame Outsander, j'ai ouvert la valise et, les yeux à demi clos, j'ai rangé les lettres et le pull-over dans une bonnetière qui veille près du lit. Mais il a suffi de quelques flocons lentement versés au-delà de la fenêtre de la chambre pour que Paule s'incarne de nouveau, et vienne à moi. Contre moi.

En hiver, nous allions toujours voir la première neige tomber sur les tours de Saint-Bavon. Le ciel alors noyé de schistes prolongeait la cathédrale d'une spirale grisâtre. Les flocons tardaient tant à toucher le sol que soudainement tout paraissait mobile en même temps qu'arrêté par la grâce de la neige. Nous entrions dans le paradoxe d'une sphère ralentie. Paule avait les lèvres craquelées, carmin puis exsangues. J'entourais ses épaules.

Je suis resté longtemps à regarder la neige tomber sur la petite place de Feil, et fondre dès le sol touché, fondre en moi comme des myriades d'anges morts foudroyés dans leur chute millénaire, et puis, ce premier soir hors des terres de

Paule, hors de l'espace où demeure la mémoire des lumières et des gestes de Paule, j'ai commencé à écrire quelques mots sur le premier *Conquérant*, le bleu.

Je promène dans Feil l'ombre de Paule et mes regrets. La rue principale, en pente, chute vers la Meuse et s'encaisse dans un goulet. Elle râpe mes plus sourdes tempérances. Ici, ma douleur convient au granit des trottoirs et au brouillard du fleuve. Des maisons sont alignées sur une berge, éloignées de l'eau par un pré que l'on a oublié de faucher une dernière fois, une rangée d'aulnes et un sentier où l'on a jeté des écorces. Dans l'eau, les derniers pontons ont basculé à demi ; les quais s'effritent. Des débris de cordage se dénouent et s'échevellent dans le courant. Voilà ma promenade.

L'automne finit, se livre à l'hiver, hésite, comme une catin ouvre les cuisses, se ravise, revient au tiède. Chaque matin un peu plus froid me chasse des terres dorées de l'été, et les saccage. J'égrène, moribond décalé, l'obituaire des heures : quatre-vingtième jour dans l'absence de Paule.

Je m'efforce de me créer des habitudes, un canevas de petits riens circulaires afin de me croire piéton d'une vie nouvelle. Après midi, je descends vers la Meuse. Une maison sur deux porte apposé sur une fenêtre l'écriteau jaune d'un notaire au nom de tortue. Une maison sur deux n'a plus de feu, ni de lit, de chuchotements, de pleurs, d'odeurs de soupe, d'engueulades énormes, de râles amoureux.

Les murs ne servent qu'à corriger l'étendue du sol, à couper son orgueil, mais il reprend courage et gagne en coureur de fond. Bientôt, il ne demeurera rien de ce qui avait fait la fortune de la ville, sa chair d'ardoise et d'eau. On vend partout, personne n'achète. Le lierre et la lézarde fragmentent les murailles d'une fresque mêlée.

Madame Outsander écoute chaque soir une émission radiophonique qui promet aux auditeurs des millions et un voyage au Sénégal. Je l'entends tandis que j'écris. C'est un jeu. Elle joue à tue-tête et la TSF hurle jusqu'à mon lit : « Avez-vous le nom magique ? » demande sans cesse le speaker ; « Avez-vous le nom magique ? » « Roberta » braille alors Madame Outsander, « Roberta » trépigne-t-elle, mais le speaker ne semble pas l'entendre, et donne la parole à d'autres voix, aussi survoltées que celle de Madame Outsander.

« Vous iriez au Sénégal ? » lui ai-je demandé un matin. « Quel Sénégal ? » me répondit-elle… « Celui de la radio… » « Ah, vous voulez parler de Roberta ! Ma foi… »

Ce fut la fin de notre étrange dialogue.

J'ai apprivoisé les trois beloteurs du café de l'Ancre, qui est sur la place, et où je vais souvent nourrir mon penchant pour la boisson et le vague à l'âme ; parfois, j'y emmène le *Conquérant*.

Il a fallu du temps, et de pleins silences. Deux sont d'anciens carriers, le troisième tenait la boucherie de la rue des Étuves ; son gendre a pris le relais. Tous trois, comme ma logeuse, ont passé septante années. Ils possèdent l'art d'éterniser les verres de bière et les mégots de gris. Leurs regards portent des plaies, de puissantes fatigues qui s'estompent quand leurs mains enserrent les valets et les rois, rejettent les piques, amadouent les carreaux. Ils jouent sans parler, à peine un sifflement parfois lorsque l'un rafle la donne avec l'élégance d'un torero. Le père que je n'ai pas connu aurait sans doute leur âge.

Au travers des vitres, on aperçoit la place, les arbres en quinconce et la fenêtre de ma chambre, son rideau à frous-frous. Tout ici est admirable d'insignifiance. Les beloteurs espèrent peut-être ainsi se faire oublier de la belle veuve, qui sait…

Près du Godin rougi, le coude planté dans le bois de la table, respirer le moins possible, elle passera.

Monsieur Pergus, le bistrotier, essuie son comptoir à le trouer. Il voue une passion à la météorologie dont il est capable de m'entretenir des heures durant. Je l'écoute et ne le trouve pas plus idiot que d'autres. Parfois, dans ses grands moments, sur le pas de sa porte et désignant l'infini du ciel à l'occident, il a même le cirrus poétique : « Quand ils sont plats ainsi, voyez-vous, je les crois toujours déprimés, et puis non, ils se renflent et finissent par nous sortir un impeccable couchant aux tons de juliénas… »

Les joueurs quand j'entre dans le café me saluent d'un haussement noble de casquette. Je fais partie désormais de leur quotidien, comme l'aimable visage de la bouchère, la toux rauque du matin, le chien borgne qui pisse, tous les jours vers les cinq heures, contre le mur de l'église, l'arrière-train frénétiquement tétanisé par le jet d'urine et qui, apeuré soudain, rejoint en aboyant son maître, un ancien capitaine, disparu derrière la nef.

Le patron m'apporte un ballon de sëckien, un cendrier, me parle quelques minutes, me laisse.

Je demeure dans le silence de Paule, à regarder le verre et le vin jaune, comme un abruti de cogneur sonné, les mains autour du pied, en prière l'on dirait. Pergus a rejoint son comptoir. La belote bat son plein.

Tu ne les connaîtras jamais, Paule, ces frêles figurants. Il me faut m'en convaincre. Tout cela n'est qu'à moi. Est-ce là ton absence ? Ton retrait de la lumière ? La porte du café a une antique clenche, tu appelais cela une *canne*. Elle attend ta main qui ne la touchera que dans mes cauchemars. Je la fixe longtemps. Ta paume. Comment était-elle ? Mon souvenir ne retient plus les lignes de ta peau. Déjà...

Les vieux beloteurs sont là sans t'avoir connue. Ils vivent en ignorant que Paule fut belle et aimée, qu'elle avait le cul d'un Maillol et le rire dispendieux, des dents de fauve, le ventre d'un capitole, belle d'un revers de soie aux yeux de noctambule qui cherche, les mains tendues contre une muraille hérissée de tessons.

L'ancien boucher, qui se nomme Lamiral, me dit hier, hors de propos : « Ma femme, je l'ai aimée morte ; avant, elle avait *le verbe usant.* » Sirdaner, le plus sec des trois et qui sans cesse, à tout bout de champ, dispense des « Compliments ! » lui a glissé : « N'embête pas Monsieur avec Clémence, elle était le miel et toi le cochon... » Le dernier complice dont je ne connais que le prénom désuet, Amédée, en laissant son regard se perdre dans la reine de cœur qu'il caressait de la main, a soupiré : « Clémence... »

Pour un peu, je verrais dans tout ce que je rencontre en ces moments les vigies énigmatiques disposant sur ma route les *signes*. Je cherche ton chiffre, Paule. Me blottir dans ton mystère, c'est encore survivre en ta chaleur.

« Si la compagnie d'une vieille femme ne vous rebute pas, vous me feriez plaisir en déjeunant dimanche avec moi, je vous ferai du boudin à l'oignon ; vous m'en direz des nouvelles, c'est là notre spécialité ! »

En ces froides longueurs de novembre, je n'ai pas eu le front de décevoir Madame Outsander qui me regarde, je le soupçonne à mesure que mon séjour en ses murs se prolonge, comme un fils perdu et que des plats mijotés remettraient dans un chemin sinon droit, du moins praticable.

Pourtant, l'envie de partir m'a taraudé. J'ai même commencé à ranger ma valise, le pull, les lettres. Et puis l'une m'a repris, écrite lors du premier séjour à l'hôpital :

« *… tu regardais les fleurs avec une telle stupeur, ce jour-là à Lochristi, qu'il m'a semblé que tu y cherchais autre chose que leur présence. C'est peut-être pour cela, pour ton regard posé sur leur soleil, pour le soleil perdu dans le nom de la fleur, comme dans l'histoire de Boucle d'or, que je t'ai dit leur nom…* »

Que voulais-tu donc me dire qui, en deçà des mots, m'atteint encore si violemment ? Est-ce aussi le souvenir du moment où ces phrases ont été écrites qui ajoute à ma peine, l'affole, un peu à la manière des vins lointains qui, lorsqu'on les boit, nous ramènent dans la vie mystique de vendangeurs morts et dans des vignes somptueuses qui ne sont plus que friches ?

J'ai laissé la valise et suis descendu vers la place. Il était près de midi, les cloches claquaient contre les épaulements sombres de la vallée. On sortait de la messe. Le parvis s'augmentait du bourdonnement des fidèles, femmes essentiellement, souris noires, fragiles musaraignes à la peau de parchemin.

Me sont revenus alors quelques dimanches lointains où ma mère narguait la ville : « Regarde-les ces grenouilles de bénitier, avec leur cul serré comme un fermoir de porte-monnaie : tout en sort, mais rien n'y rentre jamais ! regarde-les, morveux, apprends la vie ! » continuait ma mère qui me tirait par la main, j'avais sept ans peut-être, tandis que nous traversions la place quand la messe sortait. Je lisais dans les regards des bigotes le métier de ma mère, je lisais le dégoût et la honte sans trop les comprendre, je nous savais, grâce à elles, détestables. Il arrivait parfois que ma mère, putain fière de l'être, apostrophât certaines d'entre elles de remarques pour moi hermétiques – d'ailleurs, comment les connaissait-elle, me disais-je, puisqu'elles ne viennent jamais chez nous : « Gerhte, essaie toujours l'eau bénite pour guérir le chou frisé de ton mari… et toi Maria, reprends ton Franz ! en deux nuits, j'ai vidé ses burettes, refais-lui des forces et qu'il me retourne !… Oh, Mademoiselle Bizoon ! toujours coquille entière, Mademoiselle, malgré vos quarante Noëls, voulez-vous un foret ?… Bien à vous les pieuses qui manquez de pieux, et le bonjour ! Ouste ! »

Les dames en voilette noire s'effarouchaient, se serraient l'une contre l'autre dans le murmure de leur stupeur. Nous passions. J'étais plaint sans doute dans les repas dominicaux, jusqu'au fromage au moins.

Le parvis de l'église de Feil s'était vidé. Le bedeau, un innocent véritable, fermait les battants du portail en sifflotant *Les Roses blanches*. Il avait un bonnet de ski vert sapin enfoncé jusqu'aux oreilles ainsi qu'un maillot de joueur de football, numéro 14 sur le devant, et slogan commercial au dos, *Élevé au grain, ou rien ! Poulet Poulgrain*.

Le curé surveillait la manœuvre, rieur et rose. Un curé de fable. On sentait dans sa joie ecclésiastique la promesse d'une oie dorée, d'un vieux bourgogne en carafe et de profiteroles chaudes qu'une fidèle enamourée n'allait pas manquer de lui servir.

Je ne voulais pas venir les mains vides chez

Madame Outsander : à la pâtisserie, la vendeuse est une jeune fille rousse qui m'a nommé tous les gâteaux de la vitrine. J'aurais cru un de ces poèmes que Cendrars écrivit la faim au ventre, dans un New York caparaçonné de glace, un Novgorod d'amande : « Cuisses de Vénus, Religieuses, Mille-feuilles, Ventre-agile, Conversation, Opéra, Éclair, Pommes en Sereine, Capréiano, Paris-Brest. »

Elle récitait une leçon sans y mettre du cœur, mordait ses lèvres de vingt ans. Je n'ai pas osé la regarder en face, avec la durée qui découvre l'autre comme un jésus sans linges, la regarder vraiment, ainsi que l'on fait pour une femme. J'ai baissé la tête devant l'ébauche de sa beauté.

Derrière moi, le silence enfantait des bruissements, et il m'a semblé dans ma gêne subite entendre Paule, sans pourtant percevoir le bruit de sa voix, ni même les mots que j'aurais voulu qu'elle me dise.

En sortant, au pied d'un très classique poilu de fonte qui brandit son drapeau, j'ai croisé Lamiral, le veuf de Clémence. Nous nous sommes salués, avons échangé quelques mots sur des riens, le froid précoce en cette année, l'ennui que génèrent les rhumatismes, la bêtise de son gendre qui prétend révolutionner l'andouillette en y ajoutant du blanc de dinde, l'usage du bandage herniaire, le concours de belote de l'après-midi même… « Un veau à gagner, rien de moins, entier et vivant, la belle affaire ! Pergus est fou ! qu'est-ce que vous voulez que je foute d'un veau vivant ? remarquez, mort, ce serait pire encore, j'en ai soupé de la viande ! j'exige le légume désormais ! ma fille se lamente ! Et le gendre, pensez donc... Enfin, c'est pour le jeu... ça passe le temps... Bon, c'est pas le tout, mais les autres m'attendent, la fine équipe ! on tournera, c'est convenu, Amédée est un incapable mais si on ne le fait pas jouer, il *grinche*... je vous laisse, bonnes heures à vous ! »

Trois enfants de chœur, gaufre de dentelles à l'encolure, l'aube plissée encore sur le dos, volaient vers leur maison en claquant leurs semelles sur la chaussée.

Il faisait dans le logis une chaleur de four à pain. Par la porte de la cuisine entrouverte sortait le parfum de l'oignon. Les amples poêles noires posées sur le fourneau, sa fumée de diable qui emprisonnait Madame Outsander dans une brume grésillante et persillée, les vitres de la fenêtre à crémone donnant sur la courette borgne, à peu de détails près, c'était là mon quotidien de jeune enfance.

Ma putain de mère lustrait les trottoirs ainsi que la peau des hommes de passage. Mais chez grand-mère, tandis que celle-ci préparait en chantonnant du *pain perdu* ou des *râpés* de pomme de terre, j'enfonçais mon corps dans le ventre défait d'un sale fauteuil qui avait pour moi des bras toujours tendus. J'avais un peu la fièvre, j'aimais être malade, sans excès, et lire des histoires grandiloquentes pleines de l'attirail calamiteux et chamarré des voyous de cent sous.

Grand-mère était aussi bonne que laide. Pour trancher l'ail, elle prenait un couteau dont la lame n'existait presque plus. Ses mains avaient la rugosité des rochers que les mers battent depuis des millénaires. Ses cheveux, gris et jaunes, paraissaient un colimaçon luisant sous l'écaille du peigne.

Dans le lit de ma grand-mère, j'entendais le souffle de l'usine, les lâchers de vapeur, ses colères époumonées d'ogresse. En me fermant les yeux, le sommeil illuminait ma nuit des écoutilles de ce grand navire enterré : il y avait des poutrelles et des tours, des grues à taille d'insectes grandioses, de caoutchouteux et mollasses tapis roulants entraînant la houille vers le gouffre des hauts-fourneaux dressés le long du canal, ce canal peu commun qui filait vers l'intérieur des terres, se perdait à n'en plus pouvoir dans les plaines d'Allemagne, entre les coteaux cultivés par le peuple des Elfes et les promontoires où veillaient des Dames blondes, les bourgs moyenâgeux vidés de leurs habitants par quelque musical sortilège, les marais méphitiques – forcément *méphitiques* – des Carpates, les royaumes de chocolat et de croquante, les taïgas impénétrables et, pourquoi non, les déserts de Sibérie et d'Yksander, les steppes du Moghol, tous les Karakorum et les Himalaya des songes…

Les ouvriers sortaient de l'usine sous les gueulées de la sirène, à pied, sur des vélos, des *grises* ou des *bleues* à l'échappement de gargouilles en gésine. Une musette en toile écossaise, des lassitudes de seigneur qui rentre l'épaule endolorie et l'œil bordé de suie. Moi, en face du spectacle de cette volée d'hommes, les regardant tous, me disant peut-être que parmi eux, parmi les plus beaux d'entre eux, parmi ceux pour qui la crasse et l'épuisement tissaient une auréole et les exhaussaient plus encore au-dessus du lot des princes de l'usine, monarques du noir et du gris, il y avait, dans la fantasmagorie superbe de sa distance et de son anonymat, mon père…

Je me jurais d'être un jour l'un de ceux-là.

Grand-mère est morte quand j'avais neuf ans.

Madame Outsander avait cuisiné pour dix, mais nous n'étions que deux. J'ai repris trois fois du boudin. Elle a tenu à m'éclairer sur le mets local : « La mie d'un pain ronfle trois jours dans du lait tiède, salé, à peine poivré, bouffi d'une échalote et de deux brins de cerfeuil. Puis vient l'oignon juste fondu dans le beurre, on les marie d'un envers de cuillère, pour le reste, c'est affaire de main, et d'âge. Jeune femme, je le jetais cent fois aux chats. Mon pauvre homme ne l'a jamais goûté… Je ne voudrais pas vous troubler, Monsieur, vous paraissez si loin… Vous savez, Feil est une triste ville maintenant. On dirait que seul le fleuve bouge encore un peu ; pour le reste, nous sommes déjà aussi morts que nos maisons. Il n'y a plus de sang ici…

Prenez encore un morceau, voulez-vous ? »

Revenu dans ma chambre, je me suis accoudé à la fenêtre pour y fumer une cigarette, la tête alourdie par le grand repas et le sérieux verre d'alcool de poire qui en avait été la chute enflammée.

La nuit était venue, et avec elle une bruine sordide. De l'autre côté de la place, près du café de l'Ancre qui venait d'éteindre une à une toutes ses lumières, une silhouette à béret parlait à un petit veau en le tirant par une laisse.

La grive encore tiède dans ma main a dodeliné du cou. Ses pattes ont lancé quelques élans, puis les griffes se sont raidies, la paupière mauve a soudain perdu de son éclat.

Je l'ai trouvée dans le chemin, tombée. Que les oiseaux puissent mourir ainsi, sans de tragiques raisons, m'a toujours tourmenté.

Paule ne ressemblait pas à un oiseau. Je la voyais plutôt comme une loutre. L'eau et la terre, l'orbe et la fourrure, le glissement entre les fougères et les graves. Le règne du jeu.

Il m'est revenu à cet instant, et devant l'oiseau mort, une scène d'un beau livre que Paule me lisait à haute voix dans notre dernier printemps gantois, elle couchée sur le dos, moi, la nuque sur son ventre, bercé par le ressac de ses entrailles, le martel de son cœur, les yeux au ciel du lit.

L'histoire du livre avait lieu quelque part dans un hiver du siècle précédent, au fond d'une province française, âpre et coupée de tout : un homme s'ennuyait au milieu de la neige et sur cette neige étendue, il versait pour se divertir le sang d'une oie dont il venait de trancher le cou. Je crois qu'ensuite l'homme se donnait la mort parce qu'il ne supportait pas de vivre avec l'idée qu'il aurait pu tuer autre chose qu'une oie.

J'ai glissé la grive sous trois cailloux. Il faisait un soleil à essuyer toutes les peines du monde, et un froid propre à les changer en cristal.

Le chemin commence sitôt tourné le pont. Peut-être a-t-il servi dans le passé à haler les péniches. Les branches nues des noisetiers forment des arceaux qui se rejoignent au-dessus du passage. Très longtemps, ils suivent ainsi la berge imprécise. L'eau court contre des racines et des mousses, vole leurs couleurs, les remplit d'un bruit chuintant presque animal.

Feil est de l'autre côté, à portée de voix. Par moments, le bruit d'une scie me parvient, ou le brimbalement de sacoches de vélo, remplies d'on ne sait quel trésor ferrailleux, des énervements de coqs aussi, sans doute agacés par la bêtise de leur sérail, quelques phrases humaines, lacunaires telles des cartes de marine rongées par les sels et les rats de soute.

La ville se cale à la Meuse. Celle-ci l'enserre dans une courbe spacieuse, une alliance liquide et fugace autour du court doigt de grès que n'ont entamé ni les siècles, ni les crues.

J'ai entrepris la promenade sur les conseils d'Amédée, qui m'avait vanté le périple. Il s'est finalement remis, l'autre dimanche, de ne pas avoir gagné le veau, « la faute à cet imbécile de Sirdaner qui avait forcé sur le Picon au point de confondre un neuf de cœur et un sept de trèfle ». Ce n'est pas un homme de Feil qui a remporté le trophée. D'ailleurs, personne ne le connaissait, ce « voleur de veau ». Il est parti à pied avec l'animal, on ne sait pas où.

Paule est morte depuis cent jours.

Paule, *est morte*, depuis cent petits jours, depuis cent interminables et pantoises journées. Et j'écoute parler de petit veau emporté, et je succombe à l'engourdissement que procurent les voix des autres, les histoires simples, les changements de couleur sur les eaux grossies de la Meuse.

Cent jours... Je voulais sans me le dire ouvertement donner à ma promenade des façons de pèlerinage. N'aller vers aucune tombe, ou vers toutes celles qui se rejoignent dans la mémoire amoureuse des enterrées et de ceux qui durent à les aimer, poussières sous les aiguilles de pin et les feuilles grèges.

J'ai marché jusqu'à la fourche où le chemin se fend ; d'un côté, il devient une sente que seuls les pêcheurs foulent : les pas versent de part et d'autre d'une pliure de terre les hautes herbes à peine gâtées par les premiers gels. Méandreux, timide dès qu'il atteint les roselières, il hésite et déroute celui qui l'emprunte ; plus loin, beaucoup plus loin, Feil disparue depuis longtemps derrière le bossellement d'une ardoisière tombée dans un sommeil de conte, il se donne à d'obscures sapinières – un autre monde –, au sol seulement festonné d'ocre, orphelines de toute lumière et que nimbe à peine sans doute, dans les après-midi de gloire, un bruissement violet. C'est le domaine de l'impénétrable, où le soleil devient l'intrus, où à chaque pas je m'attends à rencontrer l'inconnu voûté portant tricorne et loup de velours noir, cet effrayant *raffiné* à l'allure vénitienne, messager d'une mort violente toujours, et qui vit dans les profondeurs de complexes romans gothiques.

Quelques rayons, parfois, profitant de la distraction du maître des lieux, projettent leur blancheur blonde sur les corolles des cadavres de chanterelles massées près des résines.

À la fourche, en prenant à gauche, on s'élève jusqu'au ras des collines par des éboulis semblables à des moraines. La bruyère et le genêt se livrent une lutte faussement immobile. Des lichens adoucissent les trop gros blocs de pierre. Les arbres ne sont guère plus hauts qu'un homme, comme si le sol tardait à leur donner une digne nourriture.

Au faîte, il y a le vent, d'une tiédeur obscène pour le mois, comme adouci en fœhn et ce vent m'a porté vers Paule quand je m'y attendais le moins, tant le paysage était parvenu à me distraire, une heure durant, de ma souffrance.

J'ai tant aimé le vent sur le beau corps de Paule,

qui la drapait, la rendait à mes mains si sensible et légère, le vent qui toujours amenait la joie, le rire dans ses yeux, et nos baisers, à bouche que veux-tu, vent d'intempéries salines, vent de pierre, vent si chaud que le lin de sa robe devenait brûlant – c'était sur les plus hauts gradins du stade désert d'Aphrodisias, sur le tumulus rose du Nemrut Dağ, dans la barque de Dalian dérivant entre les tombeaux lyciens –, vent de Turquie mais aussi vent d'aneth, d'algues et de carènes sur les étendues baltiques, vent des juins de Flandres où sa chevelure devant son visage liait le blond à l'aubépine.

Et je me suis dit alors dans la majeure absence de Paule, dans la venue de ce vent déplacé, par sa douceur si peu de saison et de circonstance, vent qui ne pouvait plus rien étreindre d'elle, grotesque donc, qu'il était malgré tout, ce vent, comme un ciel, promis et entendu, tel un incommensurable emportement où l'on voudrait se jeter, sûr d'y flotter toujours.

Plus tard, bien plus tard, entre chien et loup, par un chemin plus abrupt, je suis redescendu vers la petite ville, en même temps que le brouillard sur le lit de la Meuse. Il faisait très froid. Le vent était tombé, ainsi que ma joie scandaleuse et l'illusion d'une reconquête pour laquelle rien ne me soutenait.

Ma promenade a remué trop d'images jaunies. Et soulevé mon cœur d'une boue de mauvais souvenirs impossibles à verser dans les pages vieillottes du *Conquérant*, sous peine de confondre pissotière et douleur.

Il y en avait tant d'ailleurs de ces chromographies angéliques que la soirée n'y a pas suffi. La nuit a pris le relais, et avec elle la théorie des grands rêves, ceux qui reviennent avec la constance du bourreau dans les heures mal assurées de ma vie.

J'ai donc revu ma mère, assise sur un bord de lit, qui laçait ses bottines les jambes écartées sur un sexe très noir. La chambre n'avait rien de notable ; tout y était d'une grande banalité, lit, chaise, armoire. Ma mère fumait des cigarettes à bouts dorés, qui je crois étaient russes ; elle me regardait comme on regarde une erreur, un petit de chat très malade, un caniveau balayé par l'eau de la rue.

« Dire que je t'ai eu… dire que je t'ai eu » ne cessait-elle de répéter. Son visage disparaissait parfois presque entièrement dans la fumée de sa cigarette. Tout à coup, comme si elle était sortie de son engourdissement, elle s'est approchée de moi qui étais à ses pieds, et m'a giflé.

Alors, aussitôt les murs ont saigné des mots qui se sont écrits d'eux-mêmes sur la tapisserie beige : une phrase en lettres rouges, vibrantes, liquides, et que n'arrêtait qu'imparfaitement le grain du papier peint :

Nous possédons tous, très loin dans la nuit
de notre pensée, un abattoir qui pue.

Dans le rêve, j'ai reconnu la phrase, et le rêve s'est ouvert sur une autre nuit, enneigée celle-là, lointaine, déplacée de la géographie des hommes : la chambre a cédé le pas, emporté ma mère et sa gifle.

J'étais maintenant aux côtés de Jean Rabe, de Nelly, du blond Kraus et de l'assassin Zabel dans le cabaret de planches et nous buvions du vin tandis qu'au-dehors Paris s'engourdissait de blancheur. Tous parlaient comme si je n'existais pas, et moi je savais qu'ils allaient mourir pour la plupart, que c'était là ce fabuleux hasard et le destin aussi qui les avaient fait venir chez Frédéric.

Puis tout s'est brouillé, j'ai entendu Nelly se lever, maintenant élégante, comme jamais ma mère n'a pu l'être. En quelques pas, elle a traversé dix années et une guerre. Près du vestiaire, il y avait le corps de Jean Rabe percé par les balles, et celui de Kraus pendu à une patère. Sur le comptoir, dans un panier en osier, la grosse tête ronde de Monsieur Zabel, le boucher, « Tiens, ai-je pensé dans le rêve, boucher comme le fut Monsieur Lamiral », et qui souriait, décapité.

Nelly s'est retournée vers le chien qui la suivait : « Allons, Ti Bob, on s'en va ! »

Le petit fox de Rabe s'est dressé sur ses pattes de derrière, a glapi...

De nouveau, comme les étoiles de glace sur une vitre que le soleil réchauffe, et qui s'effacent en gouttes d'eau, l'image s'est enfuie et je suis revenu dans la chambre où ma mère avait lacé ses bottines.

Les murs avaient été repeints. Le mobilier était le même. Sur le lit, à peine éclairée par deux flambeaux, Paule était étendue, vêtue d'une robe garance, les mains jointes sur la poitrine. Son visage devenu comme le visage de toutes celles que la mort a retirées du monde – c'est-à-dire *inhumain* – et que l'art a fait entrer dans une boucle écartée du temps, Ophélie sans ruisseau, gisante de Saint-Luc, Iseult blanche et lisse.

J'ai pleuré de grosses larmes dans mon sommeil.

Quand j'ai poussé au matin les lourdes persiennes, les corbeaux déjà passaient vers l'est, en vagues bandes, dans un silence inhabituel.

La petite ville ne se décidait pas à prendre le pas. Elle restait là, comme décalée, en retard d'une souffrance ou d'une trahison.

Chacun de nous possède en lui-même, au plus secret de ses pensées, le petit détail vulgaire lui permettant de finir ses jours dans la mélancolie.

C'était là encore une autre phrase de Mac Orlan, non plus du *Quai des brumes*, mais d'un autre livre où il est question de célibat, d'une servante blonde et flamande, du nègre Léonard et de son maître Jean Mullin. Les lettres dansaient la gigue dans mon cerveau et non sur les murs de la chambre du rêve. Mais cela, au fond, revenait au même.

Je n'ai pu me lever vraiment. Madame Outsander, inquiète, m'a appelé vers onze heures. Je lui ai dit que j'avais pris froid la veille et souhaitais garder le lit.

Un peu plus tard, j'ai entendu son pas lourd dans l'escalier, son souffle d'asthmatique derrière la porte. Elle a frappé trois fois puis est redescendue, tout aussi lourdement qu'elle était montée. J'ai senti soudain le parfum d'un café très fort et celui du pain grillé. Je me suis recouché dans la chaleur, dans la mémoire aussi de semblables moments vécus à deux, de café renversé sur les draps, de miettes qui irritent la peau, de la langue de Paule chaude encore du breuvage amer, de ses lèvres brunies à leur pourtour et qui retenaient l'arôme de noisette du beurre et du pain tiède, d'étreintes matinales où les corps déliés gardent de la nuit l'abandon des muscles et une chaleur de très petit animal à fourrure apaisé par la sérénité d'une remise à foin.

J'ai fermé les yeux, et sans dormir, dans l'obscurité d'une demi-conscience, malgré les bruits de la place de Feil et de son marché du jeudi, j'ai pu, parfois avec une immonde vraisemblance, revivre quelques moments de notre miraculeuse affinité.

À défaut de pouvoir diriger ma rêverie somnolente, j'ai laissé le dessein de l'itinéraire, en ce matin lamentable, au hasard de mon esprit. Vulnérable baudruche, j'allais d'un éclair de mémoire à l'autre, Paule prenant un bain, jouant avec l'eau et les bulles de mousse, comme une enfant, dans l'appartement de Gand, Paule buvant une bière aux fruits et trempant une tranche de brioche dans une carbonnade, « Et pourquoi pas de la brioche, j'ai faim de tout ! », tandis que je serrais sa main, à lui faire mal, sur la terrasse d'un estaminet brugeois du Markt, le visage de Paule, paupières closes, au-dessus de mon visage, ses longs cheveux sur la pointe parme de ses seins, dans le chaloupement de l'amour qui la faisait remuer très doucement, moi en elle dans l'infini fourreau de son ventre... et puis soudain les images ont arrêté leur sarabande, l'une a paru demeurer, Paule me prenant en photographie, me disant de poser, me disant de me rapprocher d'une grande toile bleue de Théo Van Rysselberghe qui représente des jeunes filles sur une plage du nord. C'était le début de son dernier été. C'était hier en somme.

Nous étions demeurés dans la fraîcheur du Musée royal de Bruxelles toute l'après-midi, dans le bruit des rires et des remarques, à passer de salle en salle, à dévider les grands siècles qui dorment couchés là sous les patines.

Puis, à mesure que nous nous rapprochions de notre présent, la foule piaillante s'était, par extraordinaire, assoupie. À d'obliques carrefours ou sous les trumeaux dorés du pavillon d'Actéon, elle avait perdu de sa cohérence pour se désagréger en petits groupes que l'imminente fermeture des lieux semblait rendre hagards.

Nous avions croisé encore quelques couples, inquiets, cherchant de leurs pas pressés à s'unir à la lointaine rumeur, et un vieil homme, mains dans le dos, qui m'avait regardé avec étonnement comme si j'avais eu une corne entre les yeux, ou la peau vert et jaune.

Enfin, dans la magie de l'égarement – ma route, c'était le regard de Paule, la main de Paule, sa voix aussi, c'étaient là mes boussoles, compas, sextants, astrolabes de chair, de rire et d'haleine –, dans ce cheminement volé au hasard et aux baisers, nous étions parvenus face à la grande toile vibrante d'embruns.

Tout cela désormais m'apparaît bien peu réel à mesure que j'essaie, *Conquérant*, de l'exhumer du terreau de mes jours, grâce à quelques mots qui ne demandaient rien. J'en viendrais presque à faire de Paule un troisième personnage dans le tableau. Elle jouerait son rôle : je lui assignerais une place aux côtés des demoiselles qui tiennent leur chapeau de paille au ruban de gaze relevé par le vent de sel, une mince ouverture dans le blanc des crinolines et le bleu des nuages, le rose des joues. Je la penserais ainsi, et pour toutes mes nuits à venir, et mes heures de peine, dans l'espace de la peinture, immuable personnage sous le vernis, au sein des huiles odorantes.

Il y a peu, j'avais encore la photographie où pourtant Paule n'apparaît pas. On n'y voyait pas même son ombre mais je la savais *de l'autre côté* et dans mon regard, je devinais le reflet impalpable de ses yeux me donnant la lumière, et j'entendais à nouveau sa voix me disant de poser, de me tourner vers la droite, de baisser un peu la tête. J'étais tel qu'elle avait pu me voir, à ce même endroit qu'elle avait occupé. Je me persuadais finalement que j'étais son regard.

Dans le balbutiement du plein été, ce jour-là, c'était le 22 juin, vers le soir, après une promenade dans les rues très douces du quartier du Sablon, à regarder les boutiques d'antiquaires où de grands boucliers Asmat jetaient des arabesques rouges et noires, revenu dans la chambre d'hôtel, j'avais plaqué les pieds glacés de Paule contre mon ventre.

Mais au centre de son corps, entre ses cuisses qu'elle avait rondes, sa profonde chaleur avait tant irradié ma nuit qu'elle m'avait fait oublier l'étrange froideur affaiblie, qui peu à peu, à la façon d'une marée vorace et avec la sûreté des météores versés d'on ne sait où, envahissait sa vie sans que nous y puissions rien opposer.

Qu'aurais-je fait d'ailleurs si ce n'est la considérer alors comme une relique intouchable, et ainsi, plus encore, la précipiter malgré moi, malgré elle, dans le monde des oubliés de la chair, de ceux dont le corps n'est voué qu'à la maladie et non plus aux flâneries des caresses, aux baisers des lèvres.

Dans le paysage de Paule, dans ses lieux, ses haltes et stations, dans le parcours qu'elle a de sa vie dessiné, *La Promenade* de Van Rysselberghe, et la journée entière dont elle s'est avérée le centre coloré, garde pour moi la beauté d'une faille, à l'exemple de ces arêtes vives de glace qui séparent une chute ivre de soleil d'un regard pétri de rocs sombres.

Mais depuis, j'ai fait l'apprentissage de la souffrance et, par lâcheté, je m'efforce de vivre tout contre elle, en guettant son improbable endormissement.

J'ai rouvert les yeux. La chaleur des draps m'est apparue soudain comme un leurre, une réplique pitoyable et clownesque. Le café froid s'est mis à puer comme une vomissure. Il s'était renversé sur les dernières pages du *Conquérant* bleu. Le jour avait pris la grisaille graisseuse d'une eau de vaisselle.

En me levant, mais je me suis bien gardé de le faire, j'aurais pu voir, de cela j'en suis sûr, une ville déserte au-dehors, et des morts, des morts en cohorte, des morts qui n'en finissent pas de mourir, marcher sous des linges en lambeaux et rentrer, processionnaires, dans le fleuve en furie.

Voilà à peine trois mois que je suis à Feil, et pourtant le lieu m'est déjà familier. Néanmoins, dans sa trompeuse modestie, la ville dissimule bien des failles. Elle paraît avoir vocation au secret si tant est que l'alchimie puisse se nicher dans d'incohérents méandres, des trottoirs trop hauts pour être simples, ou bien des maisons reproduites à l'identique tout au long d'une rue.

En prenant celle des Chalands, ce matin, pour aller revoir un mur qui me rappelait, par la disposition de ses fissures, la côte accidentée de Zoosten, j'ai découvert la boutique d'un coiffeur, là où je pensais n'avoir remarqué qu'une façade morte.

La vitrine à l'ancienne contient de nombreux pots en terre cuite vernissée dans lesquels des géraniums, transis par la rareté des arrosages, se tordent et paraissent supplier le passant. Les asparagus s'en tirent mieux, non qu'ils soient plus choyés que leurs congénères, mais sans doute l'espèce est-elle moins exigeante. Un potiron de fée, un plat de coloquintes – pour les uns granuleux, pour les autres complexes et vrillés –, des almanachs périmés, un sabre d'infanterie, et des ouvrages au crochet d'une audace labyrinthique tiennent compagnie aux pots agonisants.

J'ai poussé la porte par curiosité. Une cloche alerte a ébranlé le petit monde où le parfum de la brillantine composait, avec celui de la poussière partout déposée, un bouquet triste.

Je me suis cru seul pendant quelques secondes, et mes yeux fouillaient la pénombre sans trouver autre chose que des murs fort rêches et des meubles peints, semblables à ceux que les paysans désœuvrés des vallées des Alpes fabriquent en hiver pour les maisons de poupée.

Il y avait sur le sol des journaux et un peu de sciure ; des mèches de cheveux blancs semblaient y être tombées après quelque combat de chats. La porte en se fermant a étrillé le sol. L'odeur de la poudre brassée à l'aigreur des gerbes d'étincelles a jailli comme sous le sabot ferré d'un cheval quand sa course écaille les sols de granit.

Je n'ai finalement des lieux qu'une vue partiale. Ils me cèdent ce que j'aime y trouver. Parfois, je crois que je les rêve : Est-ce mon imagination qui a étendu sur le fauteuil à repose-tête le corps du vieux coiffeur ? Il dormait la bouche à peine ouverte. Ses tempes lentement se soulevaient. Il avait des mains d'archipel, longues et brunâtres comme les cuirs anciens, posées sur les accoudoirs.

Je l'ai longuement regardé. Le sommeil nous dénude. On ne peut être plus proche d'un corps que de celui d'un dormeur ; c'est comme si l'on entrait avec l'affront d'un goujat dans son intimité.

Quand ma mère dormait et que j'étais éveillé à ses côtés, elle me paraissait pouvoir être bonne, et douce, être une mère enfin, lavée des souillures de tous ces hommes qui venaient la baiser tandis que je faisais mes devoirs non loin, sur des cahiers semblables à mes trois *Conquérant*. Je ne voyais plus d'elle qu'un front pâle, des paupières pleines d'une grâce lassée, des lèvres lisses...

Le vieux coiffeur n'a pas bougé. Son visage m'était inconnu. Pourtant, la ville n'est grosse que de six mille âmes, et il me semble en connaître de vue le plus grand nombre.

J'ai fumé trois cigarettes. Au cœur de la fumée, qui se dédoublait dans le miroir gravé du blason d'une marque de rasoir, dansaient les songeries de ma mère, son corps et ses sourires que je n'avais pu voir, une enfance reconstruite, des caresses et des mots que l'on dit à l'oreille, le soir, quand les yeux s'alourdissent d'un sable pâle et que la nuit déborde dans l'épaisseur de son singulier continent.

Sur la table basse, il y avait d'antiques revues graissées par les doigts des clients. On y voyait les visages de princesses dont les sourires s'étaient cariés sous les crayons à bille d'enfants facétieux.

Les images donnaient à lire un autre versant de la vie, un de plus, et contre lequel mes lambeaux d'adolescence, la douleur de Paule, le coiffeur assoupi, la bonté rêvée de ma mère, venaient s'agréger pour me perdre davantage et corrompre, en les délitant sous mes pieds, mes dernières croyances.

J'ai songé de nouveau à la côte de Zoosten où Paule se plaisait à courir vers la mer tandis qu'au-dessus d'elle les cerfs-volants approchaient les nuages.

Quand, malgré moi, je l'incitais à la prudence au centre de l'écume, effondré à l'idée de la perdre, elle se tournait en riant :

« Viens plutôt, mon beau couillon de plage ! Dieu m'a toujours oubliée, sais-tu ? »

Et de plus belle, la robe sur ses seins comme un trait soulignant les contours, son admirable cul dans le ressac, elle narguait le grand large, le crépuscule et toutes les malignités.

Le vieux coiffeur s'était mis à ronfler, je suis sorti. J'avais encore du temps devant moi, avant l'heure de l'apéritif, immuable gentiane – Paule l'adorait – que je m'impose désormais comme une remembrance. Pergus a d'ailleurs en conséquence reconsidéré son stock de cette liqueur d'amertume, « pas simple à avoir », si je l'en crois, et a rentré une caisse du breuvage de la marque *Bourbonnette*. Ma lubie n'a entraîné de sa part ni blâme, ni question : « Un limonadier, c'est un caveau qui pense » m'a-t-il avoué un jour où il avait la mélancolie sentencieuse et sépulcrale.

L'idée de patienter une bonne heure à l'Ancre ne m'enchantait pas. J'ai donc marché au hasard des rues, évitant les rares passants et, sans trop le vouloir mais sans l'éviter non plus, je suis arrivé aux abords du cimetière qui mord l'abside de l'église et surplombe des vergers courant jusqu'au ras des berges.

J'y suis entré. Jamais je n'aurais cru pouvoir parvenir à franchir sa grille. Depuis que je suis à Feil, je l'espionne, le scrute, le frôle dans mes promenades, lui tourne le dos, m'en vais, ressens sa présence comme une chape posée sur ce qui pleure et qui saigne.

Il ne ressemble en rien à celui de Mineelsen. C'est ici presque un petit jardin. Pour un peu, on prendrait les deux seules grandes tombes en forme de chapelle pour des abris où sont rangés des outils, bêches, sarclettes, cordeaux dont le fil de chanvre enroulé forme une bosse ovale, galurins de paille, brouette, tuteurs de frêne liés en faisceaux, sachets de papier brun, un peu glacé, dans lesquels les graines patientent dans la langueur d'une régulière hibernation, et que réchauffent les lumières rosies des vitraux.

Je connais bien ces lieux. À la mort de grand-mère, j'ai été laissé à moi-même. Nous habitions face au plus grand cimetière de la ville. C'est lui qui m'a gardé. J'y étais en pays de parfaite connaissance, et les morts ne m'ont jamais tenu rigueur d'être le fils d'une putain.

Chaque jour, je déposais sur la tombe de grand-mère la plus belle fleur que je pouvais trouver dans le cimetière. Je parlais aux dépouilles, inspectais l'ossuaire avec une conscience scientifique et répertoriais sur un carnet à spirale les différents os, ainsi que leur quantité : « 37 fémurs, 19 tibias, 73 vertèbres, 28 clavicules, etc. » Je récitais les noms des défunts, lavais les marbres qui me plaisaient le plus, posais mon oreille contre les monuments pour surprendre le bruit des morts, suivais les enterrements qui piétinaient derrière le corbillard tiré par deux chevaux empanachés d'argent.

Il arrivait d'ailleurs que ma putain de mère les suivît elle aussi, sur les conseils d'Albert – un de ses maquereaux entre tous formidable que son élégance de gestes et de mise avait fait surnommer *Précieux Albert*.

Elle se mêlait tout éplorée aux traînes des cortèges pour essuyer, à peine la bière ensevelie et le sermon expédié, le chagrin des immanquables cousins que toutes funérailles un tant soit peu sérieuses convoquent, quand ce n'était pas la douleur du veuf lui-même, chaviré par les larmes, le grand air, le noir et l'encens.

Tout cela avait lieu au premier étage du café-restaurant qui se trouvait près du cimetière. Il s'appelait, cela ne s'invente pas, *L'Éternel Retour*. Le patron touchait sa commission sur la passe. Dans la salle comble, où flottaient les odeurs de fumée, de pieds humides, d'haleines travaillées par l'ail et le vin blanc, j'attendais en compagnie de *Précieux Albert* qui m'offrait toujours, en m'entretenant de *faschionable* et de Brummel sur le mode de la conversation mondaine et sans souci de mon âge, une grenadine-quinquina, mélange spécieux dont je garde encore aujourd'hui un souvenir ébloui.

Ma mère finissait par descendre suivie, de plus loin qu'à la montée, par l'endeuillé du jour, encore larmoyant, mais stupéfait soudain, la bretelle basse, et comme horrifié par ce qu'il venait de faire. Elle posait les quelques billets sur la table, et me tirait la langue en m'appelant « morveux ».

« *Ite missa est, redde caesari !* » lui disait alors, en prenant l'argent, *Précieux Albert*, qui déformait par deux fois la langue de Juvénal, avec son accent de Charleroi qu'il s'efforçait de rendre superbement britannique.

La formule latine que je ne comprenais pas me confirmait en tout cas, s'il en était besoin, le savoir babylonien de ce maquereau de génie que jamais je n'ai pu haïr, bien au contraire. Puis nous levions le camp non sans avoir encore une dernière fois salué l'enterrement, et tous trois, ma mère roucoulante, lovée à la taille altière d'Albert, Albert veillant au pli de son *prince-de-galles* et moi-même rendu idiot et titubant par les vertus du quinquina, allions regarder en ville les vitrines des magasins.

Dans le cimetière de Feil, on ne trouve pas de

monuments prétentieux comme j'en ai tant vu enfant, ceux-là que je nommais les «Palais des riches couchés».

Ici, il n'y a que de sobres et discrètes dalles et dans un angle, un peu à l'écart, des pierres dressées à formes mauresques qui rappellent que huit tirailleurs sénégalais musulmans ont péri en 1917 dans la forêt de Waëls qui part de la ville et court jusqu'à la frontière.

Dans la partie basse du cimetière, s'étend un vaste carré au sein duquel les tombes sont de simples renflements de terre. C'est l'endroit des plus pauvres, le quartier des délaissés. Près des croix ravinées, les tiges de végétaux sortent des éminences herbues, comme dans un potager. Des carreaux d'ardoise délimitent le bord des sépultures, quand ce ne sont pas des planches spongieuses en sapin ; pour l'une, ni planches ni ardoises mais une enfilade de canettes de bière, cul en l'air, alignées dans un souci de rigueur et d'ordonnancement. Reflets vert d'eau. Souvenir de buveur.

La Toussaint est loin déjà mais les pots de chrysanthèmes sont demeurés sur place, oubliés par des familles lointaines qui ne viennent que deux fois par an. Les couleurs ont disparu sous les paquets de pluie et les gelées blanches. On ne peut plus savoir lesquels étaient rouges, mauves, vanille comme des fleurs de chou, rouille, jaunes, jaunes comme… Le froid a dilué les teintes, les a fait fuir pour laisser place à un camaïeu de gris mais les fleurs ont gardé leurs pétales, leur élégance friable de petites dépouilles d'en haut.

À Mineelsen, j'ai laissé Paule à la terre, n'ai pas voulu choisir d'habillement de marbre, ni même de fleurs. J'en étais incapable. Les anthémis jaunes de Lochristi étaient les fleurs de la vie de Paule, de son premier sourire et de ses premiers mots. Je ne les voulais pas contre sa mort car c'eût été la trahir et livrer ces fragiles soleils à l'édification d'un grand mensonge qui m'aurait donné la fausseté d'une espérance, la certitude fourbe d'un retour.

Les autres n'ont pas compris, mais de cela je me fous bien.

En marchant dans le cimetière, j'ai fini par trouver la tombe des Lamiral. On peut lire sur la pierre blanche, où des coquillages fossiles dessinent comme un jabot de dentelles, des prénoms surannés, Idulphe, Angée, Émaline, Coriolis, et des dates anciennes renvoyant tous ces morts à des époques – pour moi littéraires – d'épopée napoléonienne et de révolutions exotiques.

Le prénom de Clémence, la femme de Monsieur Lamiral, est le dernier de la longue liste. Il suit celui d'un très jeune enfant de dix-sept mois, mince saint innocent, dont la photographie sous émail a disparu, gommée par la lumière de toutes les saisons.

« Famille ?… » Je me suis retourné brusquement, mais n'ai vu personne. « Famille ?… » a repris la voix, avec plus de force. À quelques mètres, le torse d'un homme sortait d'une fosse. « Les Lamiral, de la famille à vous ?… Non ?… ah bon, remarquez, ce que j'en dis ! » Il s'est extrait du trou, est venu vers moi. « Pas chaud… Moi, j'arrête ! le sol est complètement gelé. Un coup à casser les outils, ou les bras. Mon nom est Maltoorp, fossoyeur, serviteur, Monsieur ! » J'ai reconnu celui qui le premier jour m'avait indiqué la maison de Madame Outsander.

Il était couvert des pieds aux cheveux d'une terre froide et brune, comme s'il s'était roulé dans la fosse qu'il creusait, et quand je lui ai serré la main qu'il me tendait, il m'en est resté un peu, de cette terre, dans la paume.

En sifflotant, il s'est roulé une cigarette, puis a poursuivi, en désignant la fosse d'un signe du menton : « Ça peut attendre, je creuse d'avance, vous savez, comme ça, jamais pris de court le Maltoorp. D'autant qu'on ne meurt plus guère ici cette année, les vieux font durer le plaisir ! Alors, il faut bien que je m'occupe ! Regardez, j'en ai douze d'avance, des grandes, des moyennes, des larges pour forte corpulence, des étroites pour les sèches… Un homme, bon Dieu, ça doit travailler, et pas du chapeau, si vous voyez ce que je veux dire !… Monsieur le curé n'aime pas trop que j'anticipe, il est cocasse lui… C'est pas lui qui creuse !

Deux coups de goupillon, trois jets d'eau bénite, ça prend deux minutes, mais une belle fosse, bien nette, profonde, une journée de travail, et encore en cette saison, plutôt deux qu'une seule... "Vous nous porterez malheur, mon bon Maltoorp, avec vos fosses d'avance", qu'il me dit souvent, Monsieur le curé... en attendant, il était bien content qu'il y ait de l'avance, il y a trois ans, quand les cinq gamins du Tabac se sont noyés en chavirant leur barque, oui, bien content ! Vous vous rendez compte, cinq d'un coup, des frères, de six à dix-sept ans, et le pire, c'est que dix jours après, on enterrait la mère... pendue dans la cave ! Je l'ai mise à côté des enfants, là-bas, un bel endroit, le sol travaille bien, j'ai remarqué qu'au bout de dix ans environ, peau de balle pour retrouver quelque chose, même pas un crâne... pourtant le crâne... un beau sol bien vif, bien propre et qui œuvre, c'est pas la même chose partout ! oh non, croyez-moi, Monsieur... Je vous montre les tombes, si vous voulez, on dirait l'alignement d'une épidémie ! »

J'ai refusé poliment mais n'ai pu échapper au coup de rouge offert au litre. Pendant que je buvais une pleine rasade, un vin glacé, violent et pas vraiment mauvais, du sang de bœuf, je sentais que le fossoyeur me regardait en coin, vivement, jusqu'au fond de moi-même.

Tout en me raccompagnant jusqu'à la grille, il a continué à me parler mais je ne l'écoutais plus :

je voyais le visage mélancolique du gros buraliste qui le jour de mon arrivée m'avait vendu les *Conquérant* et le guide touristique. Je l'imaginais à la morgue devant les corps trempés et bleus. J'entendais sa stupeur et les hurlements de sa femme, l'enterrement, les grands jours de silence, lui face à elle, puis un matin ou un soir peut-être, la descente à la cave, le corps que l'on dépend. Et puis après, tous les autres matins, toutes les autres nuits.

Maltoorp m'a donné encore un peu de terre en me disant au revoir, « Vraiment ! Au revoir ! » a-t-il insisté.

À ma sixième gentiane, debout contre la porte de l'Ancre, avec dans mon dos les fureurs du Godin bourré jusqu'à la gueule, j'ai pu enfin regarder, au loin, le Tabac. Derrière la vitrine encombrée, je devinais l'épaisseur engourdie du buraliste, assis derrière son comptoir, les mains sur les tempes.

Une heure – mais laquelle ? – a sonné à l'église. Sur une bicyclette noire, la jeune fille de la pâtisserie a traversé la place dans la magie d'un silence dont la poétique étrangeté s'accroissait du souvenir immédiat et encore vibrant de la volée de cloches. Sa chevelure dénouée, et qui flottait sinueuse derrière elle, l'apparentait, dans mon ébriété, aux trop rares comètes qui fendent parfois l'obscurité des univers et les nuancent avec une grâce d'orpailleur.

J'avais trop bu. J'ai griffonné des visages et des barques sur le *Conquérant*, le bistre.

Décembre approche de son terme. Le paysage, ce matin, a rapetissé et le monde s'arrête à quelques pas de chez Madame Outsander, dans une confusion de volumes et de lignes que le regard peine à suivre. Un brouillard mêlé de givre occupe la place aux tilleuls. Les arbres sans feuilles paraissent encore plus démunis et lorsque je les regarde, il me revient cette peur de très jeune enfance qui tient du probable abandon.

Madame Outsander m'avait prévenu :

« Ici parfois, en hiver, le brouillard nous *éloigne* pour quelques jours. Rien à faire, on ne peut lutter ; d'ailleurs quant à moi, je ne cherche même pas. À quoi bon ? vous verrez cette curiosité, Monsieur : la ville n'existe plus ; comment dire ? Elle a… quitté le lieu. C'est comme si en regardant dehors, vous vous retrouviez au-dedans de vous-même. Excusez-moi, je vous ennuie avec mes bêtises ! »

Je dessine le nom de Paule dans la buée sur le carreau. Parfois, du brouillard, parvient une forme vagabonde qui soudain se fait homme, vieil homme penché sur sa canne, écolière sautillante, et qui s'efface tout aussi vite, comme si rien n'était jamais apparu.

À la fin, il me faut sortir, entrer moi-même dans la fausse blancheur qui relègue l'horizon au rang d'un accessoire d'illusionniste.

J'ai Paule contre ma peau. Elle glisse sur mes flancs ses mains de cannelle, et ses lèvres aussi. Le pull-over a gardé son parfum, je m'en persuade. Mes yeux ont gardé l'éclat de ses dents, ma peau a gardé la douceur de ses mains sur ma nuque et mes joues.

J'entends dans le brouillard ses pas qui n'en finissent pas de venir à moi sans plus jamais m'atteindre. Il y a de grands silences au creux du nuage de terre. Même le fleuve, la Meuse d'hiver haute et terne, palpée de remous et que hérissent de temps à autre des branches arrachées aux saules de ses rives, même la Meuse s'en va dans un froid silence sous le Pont de fer. Le brouillard l'endort dans le sommeil des fleuves, et tout devient pensif.

J'allume une cigarette.

La fumée du tabac s'allie à la brume. En dessous du pont, quelques pieux fendent le courant. Des coquillages d'eau douce recomposent en bandes noires, dans le bois suintant, une famille, le père, la mère, les enfants à peine plus gros que des fèves. Soudain, une goutte d'eau glacée tombe sur ma joue. Elle me plonge dans des minutes oubliées et parvient à exhiber l'une d'elles avec la plus grande vérité, dans un foisonnement aigre de détails :

« Te prends-tu pour un petit Marcel ? » lance ma mère en même temps qu'une claque sèche, un soir, après que je viens de lui réclamer un baiser et que, pour cela, je l'ai dérangée lors de préludes vaporeux avec un client dont la mise et les yeux tombants me font songer à Stanley Laurel.

Elle ne savait de Proust que le prénom et deux ou trois images galvaudées auxquelles se tiennent ceux que les œuvres n'atteignent jamais, et qui demeurent loin, toute leur vie, des belles géographies romanesques.

Ma mère, ce jour-là, portait une *combinaison* de satin gris qui masquait à peine ses seins bas et ses jambes. De satin gris… ce même gris, à l'identique, jusque dans ses reflets sournois, que la Meuse d'aujourd'hui, sous le pont, décline en tourbillons et gueuloirs.

Le fleuve engourdi trame des souvenirs pour mieux en noyer d'autres. Que valent face à eux mes troubles et mes propres regrets ?

Je suis remonté vers la maison. C'est pour moi comme un phare, maintenant. Il me semble y vivre depuis très longtemps. La cuisine craquait sous la belle chaleur du fourneau. Il y avait là un autre brouillard, mais de fruits chauds et d'huile qui grésille.

« Tenez, venez, ce sont des beignets aux poires… par ce temps ! »

Madame Outsander, passant dans l'entrée, tenait dans ses mains un grand plat en barbotine, couvert de gâteaux. Ses bons yeux bruns épiaient mon âme.

« Ici, on appelle ça des kükenpfel ! »

J'ai alors songé au visage de la jeune fille rousse et au poème involontaire qu'elle m'avait, sans le savoir, offert à la pâtisserie l'autre jour. Je me suis demandé si la peau de ses cuisses sentait les fruits lorsqu'on en approchait les lèvres. La question m'a donné la nausée, et l'image plus encore. J'ai fermé les yeux et dans la nuit soudaine, Paule est venue, immensément lente, vêtue à peine du pull-over qu'elle tirait sur ses jambes nues, les cheveux embrouillés, ses dents de blancheur pour un sourire de je ne sais quelle complicité.

Madame Outsander m'avait fait asseoir ; je ne m'étais aperçu de rien. Quand j'ai repris conscience, dans le salon, j'ai vu en face de moi le gros curé rose, les joues bouffies par la mastication et qui tenait dans sa main deux beignets poudrés de sucre glace. Il avait noué sans façon un grand torchon en nid-d'abeilles autour de son cou, et tout en mangeant me saluait, hochant sa tête comme les saints des crèches que l'on décapite à l'envi d'une piécette d'argent.

« Monsieur le curé est venu me confesser » m'a

dit Madame Outsander. « Et voyez le résultat, c'est moi qui pèche ! » s'est-il esclaffé les doigts luisants d'huile. « Ah… l'anémie, a repris le fin connaisseur des âmes, méfiez-vous, mangez plus, vous éviterez les syncopes ! »

J'ai songé à ce que pouvaient être les péchés de ma logeuse. J'en suis venu aux miens, moi le mécréant que le sacré poigne avec constance, moi qui me construis et me détruis dans la religion de Paule, ce culte vague qui la suppose assoupie dans une mandorle irradiante, dans un châssis de diamant ombragé par des palmes d'eucalyptus, pour les siècles de mes siècles.

« Goûtez cela ! mon cher Monsieur, Madame Outsander est le diable, un saint se damnerait pour sa cuisine… »

J'ai ouvert mécaniquement la bouche, souvenir d'enfant de chœur, et le curé de Feil m'a communié d'un gros beignet doré.

Le gel n'a pas un seul instant dessaisi la terre, et cela depuis deux semaines. Madame Outsander est partie après la Noël chez une de ses cousines, à Froosen, et m'a laissé seul dans la maison après m'avoir fait mille conseils : « Ne vous gênez pas, utilisez la cuisine comme bon vous semble, prenez ce que vous désirez à la cave, je crois qu'il y reste du vin, ne craignez pas d'user du bois, portez-vous bien… »

J'ai passé des heures à dormir, à dériver dans un sommeil d'une épaisseur marneuse, à me chauffer près du grand âtre du salon, à fumer et à boire presque chaque jour de *petits verres* à l'Ancre, qui ressemble en ce moment à l'établissement de Niquet dont parle Nerval. La nuit, je rejoins Paule.

Un petit roman, nerveusement acquis jadis pour sa couverture, sur laquelle une des plus mystérieuses peintures de Monsu Desiderio est reproduite, ne quitte pas ma poche. Je n'en ai pas dépassé les dix premières pages. Je n'ai plus de goût pour les fables. Le café me suffit. Son odeur de plancher frotté de Javel et ses murs couverts d'affiches brunes, où dansent les noms de boxeurs aujourd'hui morts sans doute, présentent un acceptable tremplin à mes rêveries.

Au-dessus du bar, trois coupes ternies et quelques portraits de seigneurs du noble art narguent le buveur : en garde, la tête tordue et déviée de l'axe du corps, l'œil le plus noir qui soit, des gouttes de sang et de sueur comme une couronne sur le front, les champions en haute culotte de satin somnolent dans l'éternité après l'ultime coup de cloche.

Je vais moi-même à la réserve, apporte le bois, parfois le fends, remplis le Godin. Il reste encore quatre litres de *Bourbonnette* sur les douze rentrés. Dans mon ivresse, vers les six heures du soir, il m'arrive de me penser gentiane.

Le bistrot est désert. Les habitués sont partis pour les fêtes. Amédée et Sirdaner sont restés fâchés depuis l'histoire du veau. Pergus en est désolé : « Fini le veau, l'an prochain, ce sera une batterie de cuisine, au moins, il n'y aura pas d'histoire ! »

Lamiral, sans compagnons de belote, enchaîne la mort dans l'âme les voyages publicitaires d'une journée qui le font revenir avec des couvertures chauffantes et des masseurs électriques d'orteils, et les thés dansants où il rencontre, paraît-il, des enjôleuses qui n'en veulent qu'à sa pension.

Pergus me fiche une appréciable paix. Je suis un peu chez moi. Tandis que j'égrène les rounds d'imaginaires combats, fais claquer des gongs dans la rumeur d'un soir de fête, il marmonne à la façon des vieux rabbins les rubriques mortuaire et météorologique de *L'Ardennais républicain*. Parfois, il ponctue sa mélopée d'un *Tudieu* d'Ancien Régime, ou encore, mais plus rarement, la litanie s'enfle de sifflements d'estime qui prennent des airs de mirliton.

Sur la table où mon verre patiente, le bois a vécu mille oubliables aventures dont il a pourtant recueilli les cicatrices avec piété : des cœurs maladroits encerclent des initiales écorchées au canif, les culs des canons et des bouteilles ont, comme des ombres, déposé les saintes auréoles des soirs de beuverie ou de rancune. C'est tout un large pays ramassé en un plateau, un plateau couronné de vernis et de taches plus grasses, et qui repose ses terres, ses labours et ses plaines sur quatre pieds de chêne. Une après-midi ne suffit pas à l'envisager, ni à le parcourir, ni même à le survoler malgré l'aisance et le génie que procurent les carafons de riesling et de tokay, les lampées de *Bourbonnette*. On peut suivre ses vallées, d'un revers d'index effleurer le sable de son Kalahari, ou préférer la songerie sans fin qui vient à l'esprit chauffé d'alcool face à la chevelure des rivières mortes dont j'ai descendu les cours en rêvassant leurs lits.

Mais tout cela n'est qu'une piètre esquive. Toujours me rattrape une image amère quand je m'y attends le moins. Dans l'or du vin répandu, il m'est, comme une fulgurance, revenu tes lèvres, ma Paule de Zeebrugge, moi qui te pensais lointaine en tes délices... la première fois de tes lèvres donnant aux miennes la peur de ne plus les connaître un jour, d'en être immensément séparé : cela alors n'avait pas de sens ; pourquoi y ai-je ce jour si fort pensé ? Au premier baiser, j'avais déjà le cœur d'un oiseau, ses battements affolés qui font de la poitrine une caverne effroyable.

Mon doigt disperse le vin sur le bois de la table, l'or s'en va. Je revis avec douleur l'espace des beaux siècles qui donne chaleur à nos souffles, dans l'éparpillement fugace des quelques secondes du premier baiser, au centre exact, on ne peut plus absolu, du grand miracle qui naissait de toi en une épiphanie renouvelée de chair et de parfums.

Animula blandula vagula

Pour me redire que je ne suis pas le premier homme.

Mais cela on le sait, et je remplis le *Conquérant* bistre de tout un fatras de phrases impropres, sans queue ni tête, des historiettes au saindoux, des poèmes à trois francs, des *rinçures* de saoulon qui tentent de dire mon amour pour Paule, et ma souffrance, sans jamais y parvenir.

Parfois, Pergus me regarde écrire, et me parle

de mots croisés ; nous voilà tous deux faisant assaut de définitions absconses qui nous portent sur les berges de cours d'eau de deux lettres et vers des villes où la consonne abonde. Ce n'est pas plus sot qu'autre chose ; ce n'est pas plus idiot que de forcer les mots à travailler mon deuil, à le dire, à exiger d'eux ce que moi-même je me refuse à faire, ou ne le peux.

À rester dans la chambre, je gamberge. Madame Outsander n'est toujours pas rentrée. Il n'y a pas de bruit dans la maison, aucun beuglement radiophonique. Je ne sais trop quel est le jour. Tout juste le mois : janvier.

J'ai arrêté l'insupportable décompte. À quoi bon… Paule est morte. Je le sais maintenant. Je sais ce que cela veut *vraiment* dire. Le peu de jours passés, le trop de jours passés, les chiffres, les dizaines, les centaines ne changent rien.

Les chambres m'ont toujours fait penser à ma mère. Celle-ci comme les autres. Moi qui rêvais en regardant l'usine et la sortie des ouvriers, je n'aurais pas pensé devoir connaître, chaque jour de ma vie d'adulte, au plus près, l'usine de ma mère que sont les chambres et un de ses outils de travail qu'est le lit.

Longtemps, je me suis demandé ce que tant de messieurs, mal rasés, pantalons pour la plupart prolétaires, chemises à gros carreaux, pouvaient venir chercher entre les cuisses de ma mère, ce qui les faisait gémir, geindre et siffler en s'en allant.

Souvent, plus d'un, en arrivant, me tapotait la joue, ébouriffait ma tignasse, me jetait quelques mots ; j'étais le petit chien sur le palier : on me donnait un bonbon, une boîte d'allumettes ou bien, fils de putain, quelques sous jaunes.

Tous ces hommes avaient une odeur dont certaines me reviennent aujourd'hui quand j'écris ces lignes : graisse de moteur, cambouis, sueur aux effluves de pain que l'on grille, odeur du sang dont un charcutier ne parvenait pas à se défaire, encre d'imprimerie, tiges de fleurs coupées et qui ont un peu pourri dans l'eau des vases.

Quand ils ressortaient de l'appartement, certains n'avaient pas perdu leur odeur mais tous en avaient gagné une autre, celle de ma mère, que j'aurais reconnue parmi les miasmes de mille charognes, et je ne parvenais pas à comprendre comment elle avait pu donner, en si peu de temps, à tous ces hommes qu'elle connaissait à peine, ce parfum qui pour moi était son prolongement gracieux, sa personne volatile et secrète, sa traîne de mariée, ce parfum que toujours elle me refusa.

Au fond, c'est ce grand mystère qui m'a lancé sur les routes, un beau soir, avec un sac à dos en toile beige reprisée, quelques livres et un vent immense charroyant de grands nuages. Il me semblait en courant ainsi sur le sentier qui menait vers Gand, dont j'apercevais les clochers et les toits à l'horizon pâli du crépuscule, que je foulais l'univers.

On dit toujours que l'on n'oublie jamais le visage de la première fille. Pour moi, je ne me souviens même plus de son corps, ni de ses yeux, tant cela me dégoûtait car je compris soudain grâce à elle le métier de ma mère. Je ne me souviens pas davantage du visage de toutes les autres, assez nombreuses, que j'ai pu ramasser aux abords du jour dans des cafés fatigués, des halls de gare en déroute et que les trains eux-mêmes méconnaissaient, tous ces corps où je me perdais avec dans mon esprit l'effroyable illusion de l'inceste.

Puis dans les jardins de Lochristi, parmi les anthémis jaunes, Paule est venue. Paule est venue bien des années plus tard, verser l'oubli sur tout cela, sur la lie et la boue, Paule qui était la vérité et l'onguent.

Dans ses yeux *qui ne m'avaient pas toujours vu*, il y eut mon autre enfance. Elle m'apprit ce qu'une femme peut donner quand elle installe en l'homme le brillant de sa vie et la venue de la joie. Tout se calmait sous ses mains. Lorsque j'étais en elle, dans sa tiédeur, il y avait comme autour de nous l'écroulement des mondes, et de grands incendies sous l'arche d'or, et des armadas en flammes qui sombraient vers l'épaule d'Orion en précipitant tous leurs navires de soie dans des combats de neige. Je ne peux dire autrement le plaisir.

Paule baisait avec la douceur des saintes, comme la Vierge Marie l'avait sans doute fait sur le foin blond des granges de Judée. Dans leurs yeux, il y avait la bonté et dans l'amour la même fièvre, les regards qui percent l'autre jusqu'au cœur de vérité, les lèvres tendues, fermes, légèrement tremblées, le souffle, le souffle si chaud, les cuisses qui serrent les flancs, la fine sueur sur le front mouillant le cheveu, et qui l'adoucit, le rose superbe aux pommettes…

« Petit poisson… petit poisson » murmurait Paule en parlant de mon sexe, encore en elle, mais aminci, comme fondu, réduit à un comique pouce d'enfant qui se serait égaré dans une rose des vents, une île au trésor inabordée.

Je t'aurais aimée laide, Paule, affadie par les ans, les heurts de la vie et la haine dont les autres nous abreuvent. Blanche chevelure, peau asséchée semée de tavelures, seins amoindris, flasques, ventre de chiffon, cul malléable. En notre grand âge, j'aurais trouvé touchants tes oublis de parole et de souvenirs, ta marche fragile, tes os de verre.

Mais de Paule, je ne peux désormais qu'imaginer le vieillissement et toujours prendra l'avantage la gloire de ses trente ans, son élan vers la mer à Zoosten : « Viens-tu, mon beau couillon de plage ? »

Son rire aussi, qui demeure vivace et teinte d'effroi mon quotidien, non pas comme son visage qui lui s'en va entre mes jours et ma peine bien commune.

Comme dans beaucoup de lieux de l'Ardenne, les forêts qui entourent Feil ont leur garde de mystères et de légendes. Le pays me touche aussi par cela : j'aimerais pour la mémoire lui ressembler un jour, et vivre ici me laisse dans l'espérance d'une telle transfusion.

Madame Outsander, revenue de son séjour, m'a parlé plusieurs soirs de *La Roche aux Larmes* dont j'avais lu déjà l'existence dans mon vieux guide touristique. Elle a fini par éveiller un intérêt dont je me suis étonné. Voilà longtemps que plus rien ne parvient à faire naître en moi le souci d'une découverte. Pourtant, le nom de ce lieu, et plus encore la bizarre intonation, émue et comme frêle, de la vieille dame le prononçant, ont couru dans mes sommeils pour faire éclore ce qui s'apparente à de la curiosité.

L'hiver finit. À l'approche de midi, il est de moins en moins rare qu'un soleil un peu fragile, délavé et transi par les pluies gelées de février encore proches, vienne couvrir les crêtes d'une buée jaune. La Meuse s'enfle de blocs de glace aux formes excentriques dont la taille au fil des jours va s'amoindrissant. Le froid, bien en amont, vers les terres de Lorraine, a été mordant, dit-on. On parle au café d'écluses brisées par le gel, de péniches aux coques cabossées et qui attendent, couchées à même les rives, la cale sèche et le ferblantier.

Les belotes ont repris : les compères se sont rabibochés et pour fêter l'événement, Sirdaner, royal, nous a offert une cuite au muscadet des plus sérieuses. Après seize *fillettes*, Amédée et Lamiral sont partis dans les bras l'un de l'autre, à minuit, pour une valse muette sur la place. Le gendre boucher est venu peu après («si c'est pas une honte à votre âge») rechercher Lamiral par la peau du pantalon. Quant à moi, il me semble que j'ai déclamé de piètres vers aux étoiles. Sirdaner a couché sur une table du bistrot, Pergus à ses côtés, qui lui n'avait bu que du sirop d'orgeat en raison d'une santé délicate, mais, avait-il tenu à nous dire : «Le cœur est avec vous.»

Feil ébroue sa carcasse de roche et de tuiles. Des vieux courbés sous le poids de bêches et de râteaux partent vers les jardins où des poireaux roussis étalent leur chevelure gluante à côté de gros choux à demi décomposés. En dix, vingt lieux différents s'élèvent dans l'air de la fin d'après-midi des torsades bleues frangées de blanc, et le crépitement de ces feux d'herbes pas tout à fait sèches, uni à l'âcreté des fumées, me renvoie à des scènes de mon enfance, dans le jardin de ma grand-mère, quand celle-ci, dès les premiers jours de mars, opérait ce qu'elle nommait *l'entière toilette.*

Le tablier bleu gonflé par le vent de la Gueldre, elle arrachait les racines, retournait la terre, la débarrassait de tous les intrus jusqu'à ce que le jardin présentât une figure d'un beau brun égal. Je la regardais faire et me livrais à maintes tortures, très compliquées, protocolaires, sur les lombrics et les larves de hannetons qu'elle me jetait. Mais ce que j'aimais par-dessus tout, c'était le moment où, les outils couchés sur le sol, elle me laissait enflammer le papier journal glissé sous le tas d'herbes : tout cela soudain s'éclaboussait d'or liquide et cette féerie mobile me faisait battre des mains.

Sur les berges du fleuve, entre les plaques d'herbes en convalescence, refleurissent les pâquerettes et les primevères sauvages. Au creux des mousses qui enlacent les souches spongieuses d'anciens charmes abattus depuis longtemps, des violettes presque noires, profondes comme un velours, viennent à la lumière. Il y a dans tout le petit bourg un fumet d'humus trempé et de jeunes bourgeons qui monte des forêts, glisse sur les toits et dans les ruelles.

Le sale printemps ne badine pas avec ses effets et son cortège de beautés faciles. Il n'est qu'à regarder, le long du cimetière, les coudriers aux branches fines qui ornent leurs terminaisons de fourrure grise, pareilles à des souriceaux tombés dans l'ivresse d'une léthargie végétale. Au-delà du mur chaulé, dans cette autre ville sans printemps qui reste insensible aux nouvelles chaleurs comme elle fut indifférente aux anciens froids, on entend les coups de pioche de Maltoorp et ses ahanements.

Grandir en face d'un cimetière, ainsi que je l'ai fait, ne permet pas mieux d'accepter la mort. Tout juste peut-on comprendre assez tôt que la terre a deux visages, une sorte d'endroit plaisant, fait de fleurs et de beaux marbres, et un étrange envers d'où rien ne surgit plus.

C'est un peu cela, *La Roche aux Larmes*, un conte où la mort une fois de plus se taille la part belle dans l'inégalité d'un jeu commencé depuis la nuit des temps, et où l'amour, dépité, transi, se tourne vers la seule consolation du souvenir et des mots. Au fond, les pleurs que le grès de la *Roche* censément exsude les soirs de claire lune – c'est là toute la légende –, et qui des siècles plus tard finissent par se mêler aux eaux de la Meuse, après avoir traversé les sous-bois, ne sont pas plus ceux de la châtelaine Guilherne, la belle morte faite fée, que Feil n'est le calque de mon désarroi, et le fleuve, toujours même et pourtant autre, l'amour de Paule versé à même mon sang !

Il faut une petite heure en prenant le sentier qui contourne l'église pour atteindre le site. Rien de bien spectaculaire en vérité : un amas d'éboulis roses et gris, dont l'un, plus haut que les autres, ressemble à une canine de géant. Les légendes ne germent pas toujours dans des paysages *à couper le souffle* : la falaise de la Lorelei n'est qu'un abrupt rhénan, bêtement carré, et qui surplombe une eau depuis des années asservie par l'homme ; à Cumes, où Paule et moi, iconoclastes, avions joué aux devinettes, une garrigue poussiéreuse encercle un vague terrier d'où s'élevait jadis la voix des dieux…

Autour de *La Roche aux Larmes*, quand le soleil donne à plein, on respire une odeur d'urine et de sorbier mort.

J'avais quitté la chambre après midi, et la marche m'avait élevé peu à peu dans la tiédeur d'une belle journée. Je retrouvais l'exaltation et la méfiance presque animale qui me tenaient quand j'entreprenais tout enfant de pareilles balades : embusqué dans les sentes à gibier du Rambezeen, un coteau situé à quelques kilomètres à peine de la ville où nous habitions, ma mère, ses maquereaux temporaires et moi-même.

Sur son flanc couvert de vergers et de vignes laissés dans le plus beau des abandons, les joues marquées de glaise rouge et de jus de sidoine, une plume de buse fichée dans les cheveux, je devenais un petit Sioux, un Apache formidable à la quête des troupeaux de bisons et des chevaux écumants.

Sur le bord des chemins, par les septembres brûlants, les cantonniers saoulés de chaleur et de gros rouge, et qui le front tanné parlaient aux cailloux comme à des amis, devenaient dans les jeux féeriques de mon âge les éclaireurs maudits de pionniers harassés. Leur dérober une pioche, lorsqu'ils s'endormaient épuisés sur le talus, équivalait à une prise de guerre conquise de haute lutte.

Souvent j'étais seul, laissé de côté par les autres gamins ; je ne m'en plaignais pas car dans ces moments de grâce où le vin coupé d'eau qui tintait dans ma gourde de fer me tenait lieu d'ambroisie, j'ignorais la douleur. Ce n'était qu'au retour vers la petite ville, passé les deux ponts, celui du canal et l'autre, étroit, de la rivière ralentie dans ses algues, que me rattrapait la cruauté : « Tiens, c'est *Filsaputain*, ta maman se porte bien, petit ? » Un imbécile accoudé à la grille de sa maison venait toujours ainsi me rappeler ma mère, et me redire qui j'étais.

J'ai tant souhaité la mort de cet homme au nez gonflé de veinules noires qu'elle a fini par arriver ; la vie réserve des plaisirs qu'il convient de ne pas écarter : « Filsaputain te salue bien » ai-je répété cent fois sous mon pur habit d'enfant de chœur, en encensant son cercueil le jour de l'enterrement. Sa veuve, à quelques mètres, versait des pleurs qui rachetaient un peu les miens.

Sur les flancs de *La Roche aux Larmes*, des mains ont tracé des signes : « *Josyane P. est une salope* », « *Frédo, qu'attends-tu* », « *F.C. pour toujours* », « *Sylvie et Gérard* »... Il en est un, parmi des dizaines, que je trouve dans sa simplicité, le plus limpide, le plus baigné d'un mystère glorieux, de ce mystère bruissant que l'on capte dans les ex-voto de sombres églises italiennes.

« *Les seins de ma claire jolie* »

La jolie dont il est question est peut-être une vieille femme maintenant, morte pourquoi non ; ou bien, superbe dans ses dix-sept années, attend-elle celui qui a su dans le grès inscrire, pour la contrée qui double nos vies brèves, l'hommage et le poème, l'ombre de ses seins qui parcourt les mots.

Le vent était doux et Feil, en contrebas, une ville de poupées où de petits points traçaient d'intermittentes lignes. Je me suis endormi sur les mousses qui ourlent le sommet plat du plus haut des rochers après avoir dessiné sur la dernière ligne du *Conquérant* bistre la forme de quelques nuages.

À mon réveil, rien n'avait changé semble-t-il. J'étais entré dans une faille du temps, une journée en boucle qui donne du paradis l'image d'un ruban noué et qu'une roue silencieuse sans cesse fait tourner.

Puis il y a eu des rires, une voix, tout proches. En regardant au pied de *La Roche aux Larmes*, j'ai vu près des bruyères une chevelure en feu, un brasier épars et souple qui sur le vert des herbes propageait un incendie soyeux. Il y avait aussi la blancheur crémeuse de deux épaules rondes et l'éclat de cuisses nues. La belle enlaçait son compagnon en fermant les yeux, le front donné au ciel. J'ai cru rêver un peu et voir dans une distance impensable le corps de Paule et le mien, dans l'étreinte. Puis cela s'est estompé.

Dans le baiser du couple que je surprenais mouraient toutes les craintes et les retenues. Il a fallu un long moment et l'épuisement des souffles pour que leurs lèvres se désunissent.

C'est seulement lorsqu'elle a ouvert ses larges yeux au ciel que j'ai reconnu la jeune fille rousse de la pâtisserie, et envié le garçon sans visage.

À personne ici je n'ai parlé de Paule. Elle n'est que pour moi. Pourtant, j'ai cru l'autre jour que j'allais le faire, quand le curé gourmand m'a convié à visiter son église.

L'édifice courtaud ressemble à une étable ventrue et enfumée, en cela bienveillante. Le curé m'entretenait des petites curiosités du lieu, me désignait les saints polychromes, les pavements gravés sous lesquels se sont entassées des dépouilles de prieurs et de chanoines. Mais quand devant moi est apparue une *Annonciation* malhabile, sa voix est devenue une sourdine, un miaulement atténué et je n'ai vu que le tableau, l'archange Gabriel agenouillé, aux traits si bons, et la Vierge paisible sous une grande colonnade torsadée, les pieds nus sur un tapis de fleurs, qui l'écoutait *aux anges.*

Ne pourrait-il exister une *Annonciation* de la mort, qui soit, elle aussi, empreinte de la grâce et de la plus complète béatitude ?

On comprend la mort de ceux que l'on aime au détour d'une phrase dont le ton est seulement un peu plus assourdi que les autres. Mais ce sont les mêmes mots qui disent le plaisir, le monde des joies, des travaux et des futilités, les mêmes mots qui servent aussi à cerner le dépassement et la fin du chemin, l'absence infinie.

Je me souviens des traits de ce jeune médecin de l'hôpital Flackers, de ces traits amollis d'indifférence, si loin de ceux de tous les archanges Gabriel, lui pour qui Paule n'était rien, sinon une patiente dont la mort ne le toucherait pas plus que celle d'une autre, lui qui m'a parlé – de quel droit ? – tandis que j'imaginais Paule dans la pièce contiguë boutonnant son chemisier sur ses seins de victoire et ajustant ses cheveux d'un méandre de main. Elle est revenue à nous, souriante. J'ai deviné dans son sourire l'intelligence de celle qui sait. Narquoise. Moqueuse. Paule nous regardait comme deux penauds empêtrés dans une sale histoire et qui ne parviennent pas à s'en sortir.

J'ai haï ce médecin qui venait ainsi en quelques minutes d'ouvrir un gouffre. Quelle grandeur, quelle force surhumaine soupçonnait-il en moi pour me livrer le vil secret ? Au fil de nos visites, de plus en plus fréquentes les derniers mois, ne m'avait-il donc pas vu chétif, dans ma vérité de faible enfant ? N'avait-il pas soupçonné cette foi idiote à laquelle je me raccrochais en m'aveuglant, ma foi en l'immortalité de Paule, Paule pour qui le grave mal ou la mort semblaient de très exotiques compagnes ? N'avait-il donc pas compris que j'étais bien le dernier qui pouvait transiger, feinter d'adresse avec le terme de cette tauromachie sans éclat ?

Paule nourrissait une maladie dans son ventre, là même où jamais aucun enfant n'était venu, et le médecin m'avait dessiné du doigt la maladie de Paule sur le glacis bleuté d'une radiographie dont les cernes opaques faisaient songer à des îles endeuillées de récifs.

Mais en nul autre lieu, en nul autre moment, je le jure, Paule ne fut plus belle qu'en ce jour printanier où l'on me dit sa mort prochaine, et jamais je n'eus avec plus de fureur le besoin monstrueux de la baiser.

Il me fallait être en elle au plus vite, lui donner ma chaleur et sentir la sienne qui m'enserrerait. Le bel anneau de chair. Peut-être songeais-je fort naïvement que la caresse de nos peaux dresserait un rempart au sordide élan du mal. Venir en Paule, à cet instant, c'était aussi m'unir au splendide triomphe de la vie que je me refusais à voir s'écouler hors de celle qui m'avait dressé dans la lumière.

Je ne pouvais croire à l'épanouissement de l'agonie, au progressif déclin du triomphe de Paule. Il me semblait qu'un être repoussant et sans visage m'invitait bien malgré moi, sans qu'il me fût possible de refuser, à l'anéantissement d'un astre.

C'est à peu de chose près ce que j'aurais aimé

dire au curé, mais les mots me manquaient, plus qu'à lui en tout cas qui prit les devants avant même que je puisse bégayer quoi que ce soit : « Venez, j'ai une autre merveille dans mon presbytère, peut-être pas romane celle-là, mais qui a vingt ans d'âge et de fût de châtaignier… Vous m'en direz des nouvelles ! »

Tout en parlant de la pêche au sandre devant nos verres de fine, j'avais encore tout cela en tête comme si, même dans les conversations les plus anodines, celles qui me relient à un monde de simplicité, je ne pouvais chasser d'un revers d'âme l'épaisse présence de celle qui ne parle plus.

À plein goulot, revenu dans ma chambre, j'ai bu le fond d'une bouteille de prune que la main bienveillante de Madame Outsander avait déposée un soir devant ma porte. Une frappe de terre et de fruits macérés m'a couché sur le lit. Je ne demandais rien de plus. Puis l'alcool a ouvert son bal, dans les heures de la nuit où se mêlent à nos vies et à leurs reflets, les rêves et les faux souvenirs, les détours jamais empruntés d'existences mélancoliques.

Dans le cabinet du médecin dont les murs s'étaient soudain crevés, apparut une cohorte de très vieilles femmes nues. À perte de vue, les pieds entravés de lourdes chaînes, elles me présentaient leurs condoléances. Sur un mur, un tableau de dimensions réduites devint soudain le paysage :

trois arbres dépouillés, un arc majeur mais en ruine, l'ombre de cet arc sur la terre battue.

Dans ce monde serpentait l'horizon des corps séniles, en pleurs, dont le dix millième visage se perdait dans le mirage de l'air. Assis sur un tabouret de bois, je serrais toutes les mains affaiblies, et demandais à chacune des femmes : « L'avez-vous connue ? l'avez-vous connue ? » Les vieilles ne disaient rien. Toutes avaient le sourire du curé. Ma mère apparut, nue elle aussi. Son ventre était barré d'un ruban noir et son sexe grouillait de serpents. Elle avait le corps d'une adolescente, des cheveux d'un blond cendré. Il tomba une neige de pétales de rose, puis cela s'engloutit dans le rire de ma mère, qui résonnait en écho sous les pierres de l'arc délité…

Au matin, tous mes rêves me laissent froissé. Celui-là comme les autres. Mais il a suffi que j'ouvre les fenêtres de la chambre, que l'air vienne en force contre mes joues, il a suffi que je sente la terrifique gueule de bois qui était mienne, ce matin-là, pour que le monde reprenne le dessus.

Tempus edax rerum, affirment les pages roses des dictionnaires dont on sait qu'ils ne mentent jamais.

Je sais gré aux gens de Feil de leur discrétion : jamais aucun d'entre eux, depuis que je demeure dans le bourg, ne m'a posé de questions, ni ne s'est ouvertement étonné de mon oisiveté. Sans doute ce que j'estime être du respect pour mon silence n'est-il peut-être qu'une forme acceptable d'égoïsme et de désintérêt. Peu importe.

La seule effraction dans mon intimité, quoique bien indirecte, fut le fait de Maltoorp, le fossoyeur, rencontré un de ses jours de relâche sur les berges de la Meuse entre les renoncules et le chèvrefeuille, tandis qu'il appâtait un *coup*.

« L'anguille est une salope, Monsieur, vous la nourrissez dix jours durant, elle vous cocufie en allant se piquer sur la ligne d'un autre. »

Je n'avais jamais remarqué sa drôle de tête, avec un front très haut, trop haut, et j'aurais bien été en peine de lui donner un âge. De façon régulière, il plongeait à pleines mains dans un seau posé à côté de lui et dans lequel il avait préparé l'amorce, « un quart de sang de porc, un quart de pain, un quart de terre, et tous les abats que vous pouvez trouver » ; il formait une boulette et la lançait, à la façon des grenadiers, jusqu'au milieu du courant, à un endroit où l'eau paraît oublier de courir et s'étale en nappes huileuses.

J'ai sorti un paquet de cigarettes et lui en ai tendu une.

« Sauf votre respect, je préfère mon tabac. » Les mains encore souillées d'amorce, il a saisi une blague en cuir dans la poche de sa chemise. Les brins de tabac lui collaient aux ongles et l'*OCB* s'est humecté de sang. Quand la flamme du briquet à essence a mis le feu à la *roulée*, l'air s'est empli d'un grésillement et d'une vague odeur de boudin.

Nous avons fumé, longtemps, sans rien nous dire, alors que je l'avais connu si bavard. Avec une précision mécanique, il continuait ses lancers, qui tous parvenaient au but en arrachant à l'assoupissement de l'eau un bruit joyeux vite passé.

Il faisait doux. Je suivais des yeux le ballet des demoiselles aux pattes insoupçonnables, les éclairs bleutés des martins-pêcheurs rasant la surface du fleuve, si vifs que l'esprit croit souvent les avoir rêvés. Me revenaient par eux d'autres mois de mai… Puis Maltoorp a commencé à parler, en s'animant peu à peu, jusqu'à en devenir inquiétant.

« Faut pas trop penser, Monsieur, c'est toujours mauvais pour l'homme, moi, je me force à le faire le moins possible… Tout au long de ma vie, les autres m'ont pris pour un idiot, mais je m'en fiche ! Croyez pas que ce soit simple d'en arriver là où je suis... Moi aussi autrefois, j'ai lu des livres, mais tout ce qu'ils disaient sonnait faux, il a fallu, comment dire ? il a fallu en quelque sorte que je *désapprenne*, la maladie m'y a aidé, une maladie de tête, j'ai oublié le nom. Ça a pris du temps, on me gardait dans un grand hôpital, avec un parc, de belles grilles, des belles infirmières tout en blanc et qui sentaient le muguet. Aujourd'hui, ça va, je suis heureux, je creuse, je pêche, je creuse, je bois un coup de rouge, et j'ai un lit, oui, je suis heureux, je le dis comme ça. »

Le seau d'amorce était vide maintenant. Des mouches aux casaques vernies et noires commençaient leur inspection prudente. Maltoorp s'est essuyé les mains, longuement, sur son pantalon.

« Pas mieux que la pêche pour vider la tête. Vous connaissez, vous, quelque chose de plus con que d'attendre qu'un bouchon disparaisse en s'enfonçant dans l'eau ? Moi pas. Je peux rester des heures, en le regardant, et tout part au-dedans de moi, je ne suis plus là, il n'y a que le bouchon... » J'évitais ses yeux. Je préférais me perdre au loin dans les tourbillons qui crevaient l'eau par endroits avant d'entraîner dans leur spirale des bulles de mousse et quelques jeunes feuilles.

« Je pensais que vous alliez revenir au cimetière, je me suis dit, tiens Maltoorp, ça c'est un amateur de tombes, il y en a, je m'étais dit, tu le reverras.

Tout faux... Vous savez, aussi bizarre que ça puisse paraître, j'aime mon métier, et puis j'aime bien en parler. J'aimerais partager... J'essaie de le faire de mon mieux. Certains sont contents devant un beau meuble qu'ils viennent de terminer, moi une fosse bien nette, bien propre, ça suffit à mon bonheur.

« Quand je vous ai vu la première fois, cet hiver que je vous ai vu, je me suis dit tout de suite, 230×200×110 pour la fosse, il faut toujours compter plus large, et à vue de nez, 45×60×70 pour la taille de la caisse qu'il vous faudrait, *la caisse à réduction*, car vous êtes tout de même assez grand... Une vraie manie de métreur, je ne peux pas m'en empêcher, dès que je vois quelqu'un, il faut que je le réduise. Les gens ne savent pas trop qu'on fait ça, les familles supportent mal. Moi, ça ne m'a jamais dérangé de faire des réductions. Un cadavre, après tout, ça ne sent rien quand on le sectionne. Certains collègues n'en font jamais, ça les dégoûte, de couper un corps à la bêche, un reste de corps, qui est dans une tombe depuis des années, pourtant, il faut bien le faire, il faut bien libérer des places. Ça peut pas être autrement ! Les gens croient toujours qu'avec le temps, il n'y a plus que les os. Ils se trompent, j'ai vu des enterrés d'il y a quarante ans qui n'avaient pas bougé, peut-être les lèvres un peu mincies, c'est tout. Ça dépend de la terre, et puis du corps, du pourquoi il est mort aussi.

« Mais je vous embête. On a tous nos soucis, vous n'êtes pas ici pour le climat ni pour les fosses. Pourtant, vous savez, même si c'est très à l'écart ici, tout finit par arriver ou par nous rattraper, vous êtes jeune encore. Moi aussi d'ailleurs, on dirait pas, mais je suis jeune encore, surtout la nuit. La nuit, je ne vieillis pas d'un pouce ; je fais toujours le même rêve depuis, tenez-vous bien, depuis vingt-trois ans. Je suis dans une plaine, sur le sol il y a quantité de cadavres que je dois mettre sur un tas. J'ai une fourche et je les soulève un à un. Oh, ils ne sont pas lourds... des vieillards, des enfants, jamais de femmes, c'est très bizarre. Lorsque j'ai terminé, je mange une soupe que quelqu'un a déposée près du tas de corps. Toujours la même soupe, aux pommes de terre et aux poireaux, bonne d'ailleurs... Le métier, voyez-vous, même la nuit. Excusez, je vous assomme, vous comprendrez si vous voulez, Monsieur le curé me le dit toujours, "Maltoorp, vous parlez trop, vous êtes *tuant*", il aime bien rire, le curé... »

Le soleil commençait à rougir sur le faîte des charmes. Maltoorp a cessé de parler et s'est roulé une autre cigarette qu'il a allumée avec cérémonie. Il s'est assis en sifflotant dans l'herbe à côté de son seau qui puait. De temps à autre, il secouait la tête. Après de longues minutes, il a fini par dire encore quelques mots :

« C'est tout de même drôle la vie... Une chose est sûre en tout cas, rien de tel que le cul pour reposer les jambes ! »

Pergus a sorti trois tables en terrasse. Des enfants reviennent de l'école. Les grandes sœurs, déjà sérieuses comme des mères du haut de leurs dix ans, donnent la main à de petits garçons. C'est jeudi, jour de marché. Plaisante comédie. Sur la place, les derniers commerçants plient les parasols et chargent de grosses caisses en bois dans les camionnettes. La plupart des autres sont déjà au bistrot, debout au comptoir devant des anisés, occupés à parler fort et à compter les billets qui dépassent d'énormes portefeuilles.

J'ai cru bon de raconter au patron ma rencontre avec Maltoorp.

« Les autres ne sont jamais ceux que l'on croit. Vous êtes bien gentil de me rapporter cette conversation, mais que voulez-vous que j'en fasse ? Pour moi, ça ne fait aucun doute, il s'est moqué de vous, et d'ailleurs dans tout ce que vous me dites, rien ne lui ressemble. Vous avez peut-être confondu, vous vous trompez un peu. On n'a jamais mis de sang dans l'amorce pour l'anguille, faites-moi confiance ! Pour le reste, c'est un fou, rien d'autre, on le sait tous ici. Je croyais même qu'il ne parlait plus, c'est vous dire. À force de creuser des fosses, il a la tête vide !

« Ah, malgré tout, cette manie de la réduction, c'est bien lui cela. D'autres que lui, des fossoyeurs, me l'ont déjà dit, un seigneur dans son genre, rien ne lui répugne. On vient le chercher de loin... Pour le reste, vous savez, on a tous nos problèmes, oh oui, quelque part, bien cachées, il y a des choses pas très jolies, c'est sûr. »

Pergus encaisse les consommations des commerçants. Ils partent dans la fumée de gasoil et les claquements de portière. La place aux tilleuls retrouve un peu son calme de vieille délaissée.

« Oui... tous nos coins pas très propres, des choses dont on a honte. Quand vous voyez mon nez, vous vous dites Pergus, il doit achever les fonds de bouteille, mais si, mais si, ne dites pas non, je suis sûr que vous y avez pensé, tout le monde y pense, c'est humain. Pourtant, depuis le temps que vous venez à l'Ancre, vous m'avez déjà vu boire une goutte, hein ? non, jamais. Même l'autre soir où Sirdaner arrosait, de l'orgeat, rien que de l'orgeat. Pourtant, quand je me regarde dans une glace, je vois un ivrogne, c'est le nez qui fait ça, j'ai peine à croire que c'est un nez, et qu'en plus ce soit le mien. Le métier, le bistrot y sont sans doute pour quelque chose, ça a fini par déteindre ! Ma femme me disait toujours "Mon pauvre Pergus, ça ne sert à rien que tu boives, tu as déjà le nez d'un ivrogne, fais-nous des économies...".

«Je n'ai jamais touché un verre d'alcool, pas même de vin, sur l'honneur, je vous l'assure. La vie est mal faite, mon nez, ma femme me l'a fichu en pleine figure, sans vous faire rire, quand elle m'a quitté: "Tu crois qu'on peut vivre avec quelqu'un qui a un nez pareil? Même dans les commerces j'ai honte!" C'est la dernière phrase qu'elle m'ait dite. Elle est montée dans la voiture d'un grand nigaud qui passait chez nous tous les deux mois placer une liqueur mentholée, imbuvable, le grand amour... Tous les deux m'ont regardé en riant, en riant. Vous pouvez pas vous imaginer. La voiture est partie, l'imbécile a même klaxonné, à l'italienne, pour que tout Feil soit au courant... Ils ne sont pas allés bien loin.

«Le curé, pas l'actuel, un autre, sec comme une trique, les a trouvés à trois kilomètres d'ici, la voiture était sortie de la route, directement dans l'orme, un vieil orme, ça devient très rare comme arbre, avec de splendides ramures comme des massacres de cerf, le plus bel orme du canton, ah, il a bien tenu le coup: il ne restait plus grand-chose de la voiture. De ma femme non plus d'ailleurs. Les gendarmes m'ont fait voir le corps, intact... J'ai pu la reconnaître grâce à ses poignets qu'elle avait très fins, et puis à ses vêtements, bien sûr. Parce que le visage, le visage... Il y a une justice, c'est ce que je me suis dit, il y a une justice.

C'est depuis ce jour-là que je crois vraiment en Dieu ; avant, j'avais des doutes sérieux. Depuis, je ne rate pas une messe, les autres se foutent de moi, mais ils savent pas pourquoi j'y vais, et chaque mois quand je vais à Clairville, chez ma sœur, je m'arrête toujours au bord de la route, et je vais caresser le tronc de l'orme.

« Je ne sais pas trop pourquoi je vous raconte ça, je ne l'ai jamais dit à personne, peut-être pour vous faire comprendre que moi aussi j'ai une histoire, qu'on a tous une histoire, que le fossoyeur n'est pas plus malin, ou plus intéressant, ou plus malheureux qu'un autre. Il faut bien s'arranger pour vivre dans le système solaire. Vous reprenez quelque chose, c'est ma tournée. »

Plus tard, dans l'après-midi, j'ai eu envie de me baigner dans le fleuve. Il me semblait qu'en entrant dans l'eau de la Meuse, je serais dégrisé de tous les mots entendus ces heures et ces jours derniers. La baignade me rapprocherait de Zoosten, de Paule.

La Meuse courait sur mes côtes, j'étais en elle, dans le froid de son courant et je touchais du pied les galets ronds du gué. L'eau douce des rivières n'a pas le parfum de la mer, ni ses pulsions de bête folle, son écume, le vent bourré de sel qui mord tant la peau, et il m'a semblé soudain me perdre dans cette eau obscure et glauque qui ne parvenait pas à me laver, ni m'étourdir d'une joie que je savais pourtant en elle.

Sur la berge, un jeune enfant me regardait en mâchant un brin d'herbe. Quand je lui ai demandé son âge, il m'a dit qu'il allait bientôt avoir cinq ans. Quand je lui ai demandé le jour de son anniversaire, il a répondu :

« *Le jour où les framboises elles seront mûres* »

Je suis revenu par sa faute dans le beau mystère du poème et de mes trois *Conquérant*.

La fanfare et ses couacs m'ont tiré du lit. Alignés près du monument aux morts, les anciens combattants tendent leurs drapeaux. Le maire fait un discours. Je reconnais, en rang d'oignons, Amédée, le vieux coiffeur qui s'est donc réveillé, Sirdaner, et quelques autres, voûtés sous le poids des médailles qui comme des pampilles chahutent sur les plastrons. Je veux voir cela de près, Paule adorait les orphéons.

Comme je m'apprête à sortir, Madame Outsander ouvre la porte du salon : « Venez que je vous présente ma petite-nièce. » Devant moi se tient la jeune fille rousse avec un sourire rose d'une tranquille insolence, et de blancheur par ses dents mêlée au son semé sur la peau de ses joues. « Du reste, vous l'avez certainement déjà vue… » Sans doute ai-je rougi à ce moment…

Elle porte une de ces robes légères qui font penser aux jupons des anciens temps, en percale immaculée, avec quelques broderies discrètes comme des anagrammes.

La jeune fille m'a tendu la main et comme je

restais un peu gauche, Madame Outsander a dit : « Ma Reine est une maline mais elle ne vous mordra pas, allez… » Je n'ai pas compris sur l'instant que Reine était son prénom.

Sa main a pris la mienne. Ma stupeur l'amusait. J'étais comme un enfant.

« Regardez-moi cela, Monsieur, pas encore vingt ans, un beau fruit, une vraie pivoine, oh, elle en fera tourner des têtes ! »

D'autres, sous le compliment, auraient baissé les yeux, torturé un mouchoir ou leurs lèvres, mais la jeune fille est restée silencieuse, avec le sourire de celles qui jamais ne doutent.

C'est vrai qu'en la voyant, on mariait sa beauté à des images de fleurs ou de fruits, et que dans la plénitude de ses vingt années germait la chaleur d'infinis champs de blé mûr qu'une brise d'août brasse et creuse. J'ai songé aussi à des abricots, à des cerises, des brugnons aux chairs orangées, au parfum du linge qui dort dans les armoires de chêne, avec entre les piles de draps des bouquets de lavande et des palets de cèdre ; et soudain s'est ouverte par magie une terre de ruisseaux aux bruits cascadants, j'ai vu les bouquets du cresson, les bras d'une fontaine au col de cygne verdi, son eau, glacée, où les bras en fatigue tombent au plus profond pour y cueillir le frais, après les marches chaudes sur les chemins de pierres.

Elle semblait donnée à l'été comme d'autres sont promises à la mort, et ce n'était pas tant sa jeunesse qui le disait mais le débordement de vie, de sève et de soleil qui sourdait de son corps.

« Reine a son congé aujourd'hui ; elle est venue m'aider dans ma couture. Tenez, Monsieur, sans vous commander, n'iriez-vous pas nous chercher une bouteille de vin de cassis à la cave ? Nous allons tous trois fêter le printemps... »

On descend à la cave en poussant une basse porte derrière le bel escalier qui m'avait tant charmé, le premier jour. Là, c'est un autre domaine qui commence. L'odeur de terre qui monte de l'obscurité à peine rongée par la lumière d'une ampoule, en même temps qu'une froideur trempée et un silence que rien ne trouble ni ne tempère, renversent l'intrus dans un monde souterrain, une bouche de l'univers, un des lieux qui communiquent avec de rares mais terribles puissances que l'homme depuis des millénaires s'épuise à implorer. Domaine de l'araignée, du cafard veule et du rat. Cagettes de bois blanc, bicyclette hors d'usage, cartons déglingués, empilement babélien de journaux liés en bottes par des faveurs fanées ou des raphias moisis. Il y a surtout, incongrues, beaucoup de paires de chaussures, alignées parfaitement dans le capharnaüm, de toutes pointures et de toutes sortes, passées de mode, usées, et qui attendent des pieds, comme si un régiment fourbu dormait de l'autre côté du mur.

Le plafond en courbes humides laisse suinter des filets d'eau verte, teintés de mousse et de salpêtre. Mes yeux ont enfin distingué le casier à bouteilles. Il en reste quelques dizaines qui patientent. Quand je soulève l'une d'elles, la lumière du soupirail révèle des grains de cassis qui roulent à la façon de billes irrégulières. Des étiquettes, plaquées sur les cols et brunies par le bistre, égrènent, mieux que tous les éphémérides, les ans, les peines et les heurs : 1912, parmi les dernières joies, 1917, l'année des mutineries et des exécutions, 1918, celle de la mort du mari...

Il y a plus que le froid qui me perce la peau. Il me semble avoir dérangé un fantôme aux chevilles bancales et moustache gominée, un être couché sur une photographie qui ne renvoie à rien, sauf à quelques bals peut-être, quelques valses sous les tilleuls de la place, l'été, et des promesses sur l'air du murmure, oui, de petits mots rédimés qui ont comblé jadis une très jeune fille...

Mon passé de souffrance. Je ferme les yeux sur ce qui me revient du visage de Paule et je le vois comme *tremblé* à la manière des reflets dérobés à l'eau. J'ai beau essayer de le rendre lisse, j'ai beau fermer mes paupières à m'en faire souffrir, pour la première fois le visage de Paule garde sa brume.

Soudain, un éclair de lave touche mon épaule et c'est un métal en fusion qui court, remontant à la nuque. Reine, sans que je l'entende, est venue jusqu'à moi. Sa main s'est posée sur mon bras et la nuit s'est peuplée de lumière tandis que l'eau de ma songerie dissipe, à la façon des brassées d'ondes mourant dans le courant, les traits endoloris de Paule, sa course, son mirage et ses rires. On entend du dehors les accents de l'harmonie municipale.

« Remontez, Monsieur, vous allez prendre du mal... »

Les chaussettes de Lamiral, perché en haut d'une échelle contre la façade de la boucherie, les bras tendus vers l'enseigne, m'ont ramené aux chaussettes de *Précieux Albert.* Elles mêlaient en les croisant deux fils que tout opposait, couleur et matière. Une rareté.

Précieux Albert faisait partie d'une lignée de maquereaux qui de nos jours n'existe plus sans doute, étouffés qu'ils furent par la grande distribution, la consommation rapide et la négligence de la belle ouvrage. Il était maquereau comme d'autres entrent en religion et je ne lui en ai jamais voulu de traiter ma mère comme une putain, tant elle l'était jusqu'au fond de l'âme.

De temps à autre, lorsque les prisons s'ouvraient sous le trop-plein, il poussait la porte du logis afin de réaffirmer une autorité par quelques corrections viriles, assenées avec application sur l'échine de celle qu'il traitait selon ses humeurs comme sa femme, ou comme sa rente. J'avoue avoir souvent éprouvé du plaisir, le plaisir bien innocent du faible enfin vengé, en entendant ma mère hurler et supplier pour que les coups s'arrêtent. Du reste, cela ne s'éternisait pas et finissait dans une copulation dont je ne pouvais ignorer ni les soubresauts ni les râles.

Il restait avec nous jusqu'à la rafle suivante et considérait que mon éducation lui incombait dans ces moments. Aussi lui dois-je les éblouissantes découvertes que furent, en plus de la grenadine au quinquina, le bonneteau, les paris hippiques et les complexes combinaisons du poker truqué.

Hélas, on le repêcha un jour, gonflé, absolument violet, des eaux sales du canal qui s'en va de Zeens à Koudelange et musarde entre de grasses prairies où pâturent des vaches au pelage abstrait. Son beau costume en laine anglaise, qu'il entourait de soins étranges pour un homme de sa condition, présentait sur le dos de la veste dix-sept écorchures que les policiers identifièrent comme des coups de couteau. L'arme ne fut jamais retrouvée, pas plus que celui qui la tenait.

Ma mère haussa les épaules quand on vint lui porter la nouvelle, moue rouge et mouvements de cils confits au rimmel. Le soir même, elle redoublait d'ardeur. La semaine suivante, un autre souteneur la soutint. Les chaussettes si particulières de *Précieux Albert* avec lui dans la tombe, d'autres paires, plus communes, s'alignèrent sur le fil à linge les dimanches matin quand je partais à la messe.

Parfois, je me suis demandé s'il n'était pas mon

père. Aussi l'ai-je pour ma part beaucoup et sincèrement pleuré. Cette éventualité ne m'est d'ailleurs pas détestable ; en tout cas, elle ne serait pas pire qu'une autre. Être fils de maquereau, quand on est déjà le fils d'une putain, est après tout résolument logique. En tout cas, c'est bien mieux que d'être le fils de rien, ou de personne. Mes timides questions à ma mère restèrent toujours sans réponse. En savait-elle d'ailleurs quelque chose elle-même ?

Adolescent, je ne pouvais m'empêcher de parcourir les rues de la ville et de regarder les hommes, droit dans les yeux, tous les hommes, pour essayer de deviner. Mais il y avait trop de pères ou pas assez. *Précieux Albert* m'est resté, chaussettes ou non, père ou pas, car il avait, dans son genre, le sens d'une poésie qui ne m'a pas quitté. De petits riens l'attestaient : sa façon de fermer une porte sans l'avoir pour ainsi dire touchée, le ton aristocratique qu'il adoptait en commandant un Pernod, le geste magistral et pourtant discret qui consistait à saluer une dame en soulevant à peine son chapeau. Et puis, cette phrase que je lui ai très souvent entendu dire, vers impossible et secret que je renonce à éclaircir, si belle, toujours psalmodiée dans les heures d'après boire où la griserie s'évapore en volant dans sa morosité les lumières et les feux d'étoiles :

« *La vie m'excède... doux Jésus, en suis-je ou pas ?* »

Lamiral était descendu de son échelle et tapotait sur mon épaule. « Voilà cinq fois que je vous parle, vous ne me répondez pas ! Vous êtes ailleurs... Comment vous portez-vous ? Bien ? Pour moi, je rajeunis ! Mon bestiau de gendre est parti trois jours avec femme et enfants pour la Pentecôte. De l'air, de l'air ! L'imbécile s'est mis dans l'idée de faire attention à moi, je ne peux plus faire un pas à droite ou à gauche... C'est pour ça que vous me voyez moins au bistrot. Il pense que notre java de l'hiver a fait du tort à la boucherie, la vache !

« Vous regardez la vitrine. Ça a l'air de vous dégoûter toute cette viande. Moi aussi, vous savez ! Voilà quinze ans que je n'en mange plus, pour un ancien boucher, n'est-ce pas, c'est fort de café ! Tout ça pour moi, ce sont des morts, c'est là que ça ne peut plus passer, manger des morts, c'est bête comme idée, vous ne pensez pas ? Regardez là, par exemple, les lapins, là au milieu, pour un peu, lorsqu'ils sont repliés comme ça, j'ai l'impression que ce sont de tout petits enfants que l'on vient d'écorcher, qui saignent encore, et qui malgré tout font semblant de dormir. Leurs yeux avec le blanc autour, je ne peux pas les croiser... Et puis les porcelets, je ne vous en parle même pas, quand le gendre fait du cochon rôti, lorsqu'il les enfourne, qu'ils grillent dans le four, avec leurs pattes toutes menues, ramenées devant la mignonne tête rose, à l'identique pour moi, tout pareils, des enfants !

C'est ça que je me dis, des enfants que l'on brûle et dont le salopard de gendre surveille la cuisson, avec un air de contentement, le fumier ! Toute la vitrine y passe : les pigeons, les cailles, et même les pintades, pour moi, comme des fillettes rasées et ligotées, mortes sous la torture, alors là vous voyez, le gendre, c'est plus qu'un fumier, c'est un caillou ! Même le fromage de tête me fait vomir, les tripes, le cœur, les rognons, je ne vous en parle même pas ! La vitrine est un cimetière, un abattoir pour les petits anges, voilà ce que je me dis, une sorte de musée de la cruauté. Des fois, après le vin blanc, je pleure même…

« Vous devez me prendre pour un fou, non ? je n'y peux rien, c'est comme ça, fou ou pas ! Allez, je vous paie un verre : il y a des béquilles plus mauvaises. »

Tandis que nous allions côte à côte vers le bistrot, Lamiral a continué sa litanie qui mêlait le pied de porc à l'enfance en pleurs, la cervelle d'agneau aux crimes sadiques et publiables. Puis il a fini par se taire : la rue en forte pente l'obligeait à la lenteur. Il respirait avec peine.

C'était une matinée claire où l'on sentait encore, dans l'air qui s'échauffait peu à peu, le frisson d'une belle nuit, ce froid de rosée qui porte aux herbes et aux minéraux la marque de l'obscur. Paule et moi, en d'autres temps, en d'autres lieux, avions épié ce basculement vers la chaleur à la terrasse de cafés, sur des plages, contre des épaules de terres peintes de forêts. Paule, Paule alors nouvelle, tout contre moi, après notre nuit d'errance, après les jardins de Lochristi et leurs anthémis jaunes, après les heures émerveillées de la douce découverte, Paule qui fermait les yeux. Il y avait donc si proches, ses lèvres, que je regardais avec l'envie d'y poser les miennes, sa nuque, confluent d'une peau baignée de parfums et de minces cheveux sauvages.

C'est là le jour premier, le début de notre pays sans chardons. Où étais-je dans le monde d'avant ? Des orgues de Barbarie claquaient des gammes mécaniques et les mains de Paule, dans l'ombre que l'on chasse, battaient des jeux de miroirs ensablés d'or.

Lamiral a repris son souffle et regarde, de l'autre côté de la place,Madame Outsander qui balaie le trottoir.

« Regardez-la, elle chasse plus que de la poussière, vous savez. Toutes ces années, comme l'eau de la Meuse sur le gué des Dames, si rapide... Je me souviens d'elle à seize ans. Elle a été belle, vous ne pouvez pas imaginer. Nous autres les garçons, on l'appelait *Adèle-aux-yeux-de-neige*, je ne sais plus trop pourquoi d'ailleurs. C'était à qui lui ferait tourner la tête, à cette sérieuse ! Personne n'y parvenait, Amédée s'est pris un camouflet, il ne s'en est jamais vanté la vache, moi de même d'ailleurs. Il n'y a que Gustave, mais pour ce qu'il en a profité le pauvre... Au fond, il n'a pas eu le temps d'être malheureux. Vous le trouverez sur le Monument, le troisième nom en partant du haut. Moi, j'y vais jamais voir, faire le guignol avec sa quincaillerie, comme ils font tous à chaque commémoration, pas mon genre, c'est bon pour les autres, les deux carognes, Amédée et Pierrot, Pierrot ! Mais si, vous le connaissez… Sirdaner, si vous préférez !

« Quand j'en suis revenu de la guerre, mon bonheur, vous n'auriez pas pu l'imaginer, d'être vivant, d'être entier, loin de la boue, des cris des copains qui appelaient leur mère, pendant des heures parfois, le ventre troué par les éclats d'obus, à crier près de nous, comme des gamins mourants, "Maman… maman…", il paraît qu'on appelle toujours sa mère en mourant, oui, heureux d'être revenu, d'être entier au milieu d'un peuple cul-de-jatte, loin du barda qui nous sciait les épaules, de l'eau glacée jusqu'aux genoux, de la connerie des chefs, bien au chaud quant à eux. Et puis, avec les années, tous mes copains tombés là-bas, je ne sais pas pourquoi, je me suis mis à les envier un peu, un peu, et encore un peu, et puis de plus en plus, car ils n'avaient pas trop connu la vie, sa part de mauvais, les méchancetés. Et mon Dieu, aujourd'hui, il n'y a plus que les bouteilles qui m'aident à supporter les jours, et à attendre la nuit. Le soir, quand je me couche, j'arrange le drap comme il convient, sans faux plis, je croise les mains sur ma poitrine, et puis j'attends… »

J'ai mis les lettres dans ma poche, ai roulé le pull en boule, on aurait dit un chaton, et je suis, une fois de plus, descendu vers la Meuse.

L'écriture de Paule tissait d'amples caractères calligraphiés, des dessins en tous sens qui constellaient le papier de signes souterrains. Ses lettres dépliées et pliées, mille fois, mille soirs ainsi qu'une prière, la phalange d'une sainte tenue dans le tremblement de la souffrance et du deuil, l'espoir d'un miracle, présentent les traces de la fatigue, de la maladie qui a porté aux plis une usure grisâtre. Voilà longtemps que je ne lis plus les mots. La vue seule du prolongement de Paule dans la tresse des lettres suffit à me rendre à elle, fugacement.

Les lettres, et puis le pull-over qui ne sent plus rien d'autre qu'une odeur de laine, comme un vieux foin coupé et qu'une grange garde dans son silence froissé par les rais de soleil. Le parfum de Paule n'a pu lui survivre très longtemps. S'en est-il allé la rejoindre comme une écharpe éternelle, un moment seulement égarée dans quelque corridor du temps ? Dois-je désormais me forcer à croire en cet ailleurs ?

Mes reliques sont devenues des objets, rien d'autre que des choses. Paule ne les réchauffe plus de son empreinte. Où peut-elle donc demeurer, maintenant, sinon dans ma mémoire faillible, et dans mes phrases ?

J'aimerais que tout parvienne au silence du détachement. Je m'y efforce, ne fabrique plus depuis longtemps de petites verroteries sur le dernier *Conquérant*, que d'ailleurs j'ai dû égarer quelque part.

Je me suis accroupi près de l'eau, à l'écart des pontons, pas très loin du pont. Les lettres, posées à plat sur la surface de l'eau, sont restées près de la berge, en virant sur elles-mêmes. Elles paraissaient ne pouvoir se lancer vers le large du fleuve. Puis le papier s'est alourdi, a changé de couleur. Tous les mots de Paule un à un s'en sont allés dans les filets bleu-vert de l'encre à nouveau fluide, comme les mouvants et minuscules deltas, vite disparus, d'un pays qui, lorsque je l'ai regardé, m'a renvoyé mon image, mon visage étranger à moi-même. J'ai suivi des yeux la dérive des lettres que le courant a fini par inviter dans son passage. Rien ne les décidait à s'engloutir. J'aurais voulu les voir s'endormir et sombrer dans le lit du fleuve parmi la chevelure des algues et les ombres de l'eau, mais elles allaient vers l'horizon, là où le ciel et la Meuse se nouent, troquent leur lumière, qui le fait clair et infini, qui la fait froide et tissée de vent. Entre ces deux puits aux parois immatérielles, les lettres de Paule se sont enfin perdues.

Et je me suis surpris à n'éprouver aucune tristesse, aucun tiraillement d'âme, et n'en ai pas davantage ressenti quand j'ai lancé, le plus au loin possible, le pull-over. Un instant il s'est déplié, les bras tendus en croix, puis comme une masse de plomb a chu vers les profondeurs.

« À chacun sa technique, on enterre comme on peut... »

J'ai sursauté. Derrière moi, sur le talus, Maltoorp fumait une de ses *roulées*. Je ne l'avais pas entendu venir.

« Vous vous croyez peut-être quitte, mais l'eau finit toujours par rendre ce qu'on lui donne, le lendemain, ou des années plus tard. Vous verrez, voilà le vrai problème. Tandis que la terre, c'est pas pareil, on peut avoir confiance, elle garde tout pour elle ! »

Le cri des enfants sortant de l'école, leur cavalcade sur le Pont de fer, les rires comme des gerbes de fleurs lancées dans le bleu du ciel ont envahi soudain la fin de la matinée, et m'ont distrait de paroles que je ne voulais pas entendre.

Dans la courbe du fleuve, la colline mirait en se dédoublant ses faisceaux de sapins et de charmilles. Les coquelicots, au bord du chemin, étrennaient leurs très fines robes de bal. Il ne m'en fallait pas plus pour me convaincre que j'avais rêvé les mots du fossoyeur. Du reste, le talus maintenant désert ouvrait le doute. À peine l'herbe, à un endroit, était-elle foulée : mais déjà, brin par brin, dans un réveil de bois dormant, elle relevait ses étroites aiguilles d'émeraude et d'argent.

Voici presque un an que Paule est morte. Très haut au-dessus de ma tête, si haut qu'il n'était qu'un cil, un milan a écrit entre trois nuages renflés des orbes sans sillage.

Reine, qui passait sur le pont, m'a regardé en souriant. Elle allait devant elle comme une victoire à la proue d'un navire.

Le déclin de Paule dura trois mois. Trois mois pendant lesquels son corps se creusa. Le mal ôtait les chairs avec avidité, de jour en jour. Il n'y eut bientôt plus dans le lit qu'une forme fragmentée et amoindrie. Les draps effaçaient le corps.

Le visage de Paule ignora le sang, le chassa, se fit de cire. Ses yeux ne s'ouvrirent que plus rarement, puis ne s'ouvrirent plus. Si bien qu'il me fut impossible de me souvenir du dernier regard de Paule, de la dernière fois où j'ai vu la brillance de ses yeux.

On quête souvent sur le visage des agonisants le signe ou le conseil, comme si l'approche du passage pouvait permettre la délivrance d'une vérité par ailleurs inaccessible, et ce n'est pas seulement la dernière image de l'être aimé que l'on recueille alors, et pour toujours, croit-on, mais la bénédiction qui nous fait survivre et tolérer l'absence.

Paule, en allée dans le sommeil épais et sans retour, le coma que je ne peux imaginer autrement que comme un monde de vase, un vide noir de matières épaisses du fond des étangs, mélasse non pas froide mais tiède, qui interdit le mouvement et la respiration, obstrue les yeux, invite ses ténèbres à pénétrer la bouche, souille les dents, lie par sa glu poignets, chevilles et nuque, et le cœur dans tout cela, le cœur enserré, assiégé qui se débat comme l'animal chassé à courre pendant des heures et que les blessures de ses flancs affaiblissent, cœur fragile, vagabondant au bord de la falaise, rêvant à des bonds fantastiques, le cœur déjà tout à son passé...

Dans la chambre d'hôpital, je suis resté près de Paule des jours entiers. J'apportais des brassées d'anthémis jaunes, lui parlais des soirs de Gand, de la plage d'Ostende et de celle de Zoosten, des statues millénaires du Nemrut Dağ pointées dans le matin vers le levant, de sa peau, de son ventre, du blond de ses cheveux.

Sa main donnait encore l'illusion de la vie, chaude, douce... « Voilà, me disais-je, le coma, c'est encore un peu la vie. Paule vit et dort dans cette chambre trop blanche, je lui parle, j'embrasse son front. Paule ne me répond pas, ne me dit pas si elle sent mes baisers mais nous sommes tous deux encore dans le même monde. »

La brise, quand j'entrouvrais la fenêtre, venait à elle. Quelques boucles de cheveux, trois rayons de soleil, le parfum de l'éther. Ma petite Paule amoureuse. Je refusais la mort. Je crois que j'aurais pu demeurer le reste de ma vie aux côtés de Paule livrée à son coma, Paule plus tout à fait humaine, poupée à la peau trop ivoire, pas tout à fait morte pourtant.

C'est à tout cela que je songe désormais, et c'est de tout cela dont je me délivre.

Feil m'a permis, dans le jeu de l'oie mis en place à mon insu depuis mon arrivée, de passer bien des cases et d'arriver à la dernière, qui au bout du compte se confond avec la première. Ne suis-je pas le suiveur consentant de ce parcours né de la mort de Paule et qui m'a ramené, sans que je n'y prenne garde, vers ce que je voulais fuir et oublier ? Mais revenu au lieu de douleur, je ne retrouve que le souvenir de la douleur, et non plus sa morsure.

Un autre éclat m'est apparu. Reine vit dans les murs de la petite ville. Elle y dort, respire, fait battre le pavé du bruit de ses sandales. Elle rit au moment où j'écris, embrasse un garçon, se baigne nue dans la Meuse verte d'ombres passées au tamis du feuillage, aligne dans la vitrine de la boulangerie les gâteaux à la crème et les tartes aux fraises.

Tout se fond : « Les vilains petits garçons ne méritent pas les tartelettes... » Et ma mère me tire par le bras. S'éloigne le pays du sucre et du miel, des croquantes et de la crème Chantilly du grand salon de thé de la Kammerstraat. Je pleure à grosses larmes, de celles qui rosissent les joues en y gravant des sillons bordés de crasse. Ma mère court à ses amours, vend son corps, court à sa mort aussi, à sa mort dont je ne sais rien.

Un jour, ma mère prit un bateau et le bras d'un Sud-Américain.

Où donc ce romanesque de pacotille l'a-t-il conduite ? Vers les files de *peónes* qui patientent à l'entrée d'un bordel miteux, ou vers l'hacienda aux dix mille hectares et troupeaux taurins qui battent l'argile des jours, musique de sabots, tonnerre de poussière, nuit de l'âme ?

Encore une victoire de celle qui ne m'a jamais aimé : je ne sais mettre un terme à sa vie ; il me faut donc continuer avec elle, malgré moi. Je ne peux m'en défaire. Pourquoi le mal nous reste-t-il quand le doux nous délaisse ? L'appellerais-je en mourant ?

Voici les derniers jours de juin. Je hume de la fenêtre de ma chambre le parfum des fleurs de tilleul qu'une brève humidité venue de la Meuse avive au crépuscule, sous le vol elliptique des hannetons qui frôlent les lampadaires et festonnent la place comme une salle de mariage.

La vie étire sa langueur à la façon d'un chat sur un tapis. La nuit même accueille les rires et les jeux, les vieilles discussions à nouveau débattues, les promenades loin des yeux indiscrets. On peine à quitter les bancs ; on fume des cigarettes. Je vais à l'Ancre, mais n'y bois plus. Pergus, mauvais commerçant, en semble heureux.

Mes sommeils réconcilient Paule et Reine dans une curieuse pavane. Les deux visages se sourient tandis que, piteusement assis dans un angle de la pièce imaginaire, il me semble attendre un jugement. Mais rien n'arrive. Paule regarde Reine, je regarde Paule. Nous restons ainsi. Ma mère ne me paraît guère loin.

La jeune fille peu à peu est parvenue à forcer la porte de mes songes et l'idée, il y a quelques mois insupportable, de rompre le vœu que je m'étais fait devant Paule mourante, se dépouille de son scandaleux habit.

Je redeviens quelconque. La mort de Paule m'avait fait petit martyr, amant détruit. Loin de moi ces rôles magnifiques ! Je n'étais pas un saint mais un traître ordinaire, ni plus malin, ni plus droit que les autres, et que la souffrance seule un temps a fait se croire unique. « Ouvre les fenêtres, elle te l'aurait dit, Paule t'aurait dit. Il faut continuer, la vie continue, elle te l'aurait dit, je te jure… »

C'est dans l'effroi de cette découverte que s'ouvre mon nouvel été. Sa lumière de bleuets et d'ombelles, la musique de l'eau dévalant sur les schistes, l'odeur des pinèdes frottées de soleil mènent à une joie désormais palpable, qui décline ses promesses sur les étendues des lendemains.

J'ai voulu revoir une fois encore Feil du haut des collines. Ma journée s'est passée dans les fougères, contre les mousses aux allures de coussin qui donnent aux pierriers une chair d'un vert pâle. Toujours les bruits de la ville venaient à moi comme un ensorcelant chant de sirènes auquel je ne pouvais plus succomber sans m'imaginer autrement qu'endormi sur les reins de Reine, non pas encore en elle, mais contre elle, et pleurant au souvenir chaque fois plus atténué de Paule.

À mon retour, près du Pont de fer, j'ai plongé mes bras dans l'eau du fleuve et devant mon regard posé sur la surface de l'eau se sont mis à bouger des milliers d'éphémères dont les pattes et les corps presque transparents fécondaient une brume mouvante. Dans quelques heures, un jour tout au plus, tous seraient morts mais la brume serait là encore, née du mouvement de milliers de nouveaux corpuscules… et bientôt, oui bientôt, ce serait vraiment l'été, le plein été de moissons à venir et de voûtes étoilées, de la chute des ruisseaux dans l'aube des moulins, l'été des forêts épaisses, l'été des mains tendues et des cassis, des goudrons qui suent leur sève sur les départementales oubliées, l'été des empreintes d'un pied nu sur le carreau trempé d'une cuisine, vers les trois heures de l'après-midi, l'été des siestes, l'été des parenthèses d'ombre qui meurent sitôt les persiennes claquées contre le mur blanc de chaleur.

Par la fenêtre d'une salle de classe, tandis que je longeais l'école, la voix d'une très jeune fille m'est parvenue :

Car es-tu reine, ô toi ! la première ou dernière ?
Es-tu roi, toi le seul ou le dernier amant ?…

Soudain, je me suis senti défait des restes d'une profonde torpeur.

La frêle voix a poursuivi :

Aimez qui vous aima du berceau dans la bière ;
Celle que j'aimai seul m'aime encor tendrement
C'est la Mort ou la morte Ô délice ! ô tourment !

À mesure que les mots sont venus jusqu'à moi, mes lèvres ont énoncé le beau sonnet de Nerval, appris jadis, et il m'a semblé qu'à travers lui, la ville me guidait vers l'apothéose des hasards et des recoupements qu'elle avait semés sous mes pas, sans me le dire, au fur et à mesure des jours.

Et quand la voix s'est tue, le silence a paru avoir enfin refermé le volumineux herbier où dorment à tout jamais un bel amour et un visage, bien des baisers sous les jonchées cassantes de fleurs jaunes jadis cueillies, naguère pleurées, le lot muet des heures fanées lié par une faveur meurtrie de l'âme.

J'ai compris alors qu'il ne servirait à rien de demeurer là plus longtemps.

Le claquement des attaches de la valise a clos ces quelques mois. À vouloir retrouver Paule et notre amour, je n'ai pu faire que le constat de mon éloignement. Je me demande désormais s'il me sera possible de parvenir une fois encore au rivage de Paule, aborder, ne serait-ce qu'une seconde, l'île où s'engourdit son ombre, dans l'incessant tourment de ne plus être.

Pergus a tenu à me faire ses adieux, jusqu'à venir chez Madame Outsander. Un peu gêné, se balançant d'un pied sur l'autre, il avait un paquet dans la main qu'il hésitait à me donner. Puis il s'est décidé, « Tenez, pour la route comme on dit… ». En enlevant le papier de soie et en découvrant le cadeau, j'ai ri comme cela ne m'était pas arrivé depuis longtemps. Il a ri aussi, « Comme vous aimiez ça, en plus… c'est la dernière, la boucle est bouclée… ». La bouteille de *Bourbonnette* brillait sous le soleil et, sur l'étiquette, à côté de la fleur de gentiane stylisée, un petit texte était écrit très finement :

Avec les compliments de vieilles badernes,

pour celui qui nous a amené un peu de vie… Vive l'Ancre !

On lisait au-dessous les signatures de Pergus, de Lamiral, de Sirdaner et d'Amédée.

J'ai pris Pergus dans mes bras, et l'ai embrassé. C'est étrange deux hommes qui s'embrassent, cela n'a lieu qu'en des moments de mort ou de mariage. C'est ce que m'avait dit *Précieux Albert*, qui néanmoins ruinait son théorème en venant déposer deux baisers sur ma joue chaque soir en cachette de ma mère.

Et puis, comme souvent après les embrassades, il y a eu une gêne qui a duré le temps de quelques secondes, avant que l'un reprenne parole :

« Ah oui au fait. Vous aviez oublié ça aussi ! » Pergus m'a tendu le *Conquérant* vert. « Je l'ai retrouvé derrière le Godin, en faisant le ménage l'autre jour, il a un peu souffert, mais je crois malgré tout que l'essentiel est sauvé, enfin, je présume, je n'ai pas lu, je ne me serais pas permis. »

J'aurais pu lui répondre qu'il n'y avait rien à lire, ou si peu. Que la vie est ailleurs, dans des poignées de main, dans nos corps encore chauds, ou dans des mots croisés. D'autres évidences.

Le cahier, à moitié griffonné, sentait le charbon de bois. Sur la couverture racornie, le chevalier avait perdu sa lance dans le minuscule brasier. Quelques pages roussies par le feu m'ont amené vers d'autres rousseurs… J'ai relu quelques lignes.

Les mots, serrés au fil des phrases, et qui soudain me rattrapaient, je les avais voulus comme de tragiques ostensoirs. Grâce à eux, je nous devais, il me semble, de prolonger tes souffles ma Paule d'Ostende, de Gand et de Malines, de les étirer dans la célébration miraculeuse de perpétuels dimanches. Grâce à eux, faire d'une souffrance fabuleuse une messe.

Te souviens-tu de ce vertige, et de la danse, des 14 juillet de France où les hommes et les femmes, ivres de blanc en pichet, valsaient dans la cour d'une caserne ? Les tables étaient longues et chacun devenait sur l'instant complice du voisin, sans plus le connaître. On s'esclaffait d'un rien, riait aux éclats sous les chutes d'accordéon et les feux d'artifice. Vers minuit, les têtes tourbillonnaient autant que les corps. Les femmes s'éventaient du revers d'une main et de l'autre enlaçaient le cou de leur compagnon. La nuit et la fatigue donnaient à leurs paupières la couleur des belles digitales qui dans les fossés, en juin, courbent leurs clochettes dès la première pluie.

Les lèvres de Paule sur les miennes, sa langue, petite pointe douce, ses chaleurs, tropiques de ses cuisses et de son ventre que la danse plaquait contre le mien, sa chevelure comme une couronne d'orvets tressée de sueur, la nuit, la lune au-dessus de notre baiser dans le ciel épais d'un sang très noir... Il y aurait tant à dire encore, mais pour qui ?

Je vivrai maintenant dans l'incontinuité de Paule. Seuls des fragments de notre amour dépasseront mes oublis et se rassembleront parfois sans que je le veuille vraiment : alors en ces moments me reviendront peut-être, fragiles et vulnérables comme des gazes séculaires extirpées des antiques tombeaux, sa beauté et sa voix. Ce seront là des minutes échappées au néant, des marques effroyablement assurées de sa mort, car n'est-il rien en nous de plus mortel que la voix ?

La mort véritable de ceux que l'on aime s'impose à notre effroi quand malgré nos efforts et nos vœux, en dépit du chemin qu'Orphée inaugura et que tous nous suivons, il nous vient le désir de nous retourner sur notre vie et sur celle qui en était le feu, et qu'ainsi s'évapore dans une pâle fumée, aveugle aux mains tendues et aux supplications, la belle disparue, ma Paule, la vôtre...

Paule s'en va, Paule s'en est allée à mesure que j'ai essayé de la dire, à mesure que les mots se nouaient les uns aux autres. Ma peine ne s'estompe pourtant pas, du moins je n'en veux rien croire, mais toutes les lignes que la mémoire inspire sont-elles autre chose qu'une manière de cercueil ?

J'ai voulu être au plus près de toi, et pour d'autres que moi, peut-être, faire que ton nom et le reflet de ton entière personne demeurent, longtemps après notre passage. Il y a toujours, je crois, l'espoir déraisonnable de vivre dans les songes de ceux qui viendront après nous.

En sortant du cimetière de Mineelsen, même le soleil et le paysage superbe de la Flandre dans la gloire de l'été ne chassaient pas en moi l'idée de la fin. Tout s'était arrêté, à jamais, pensais-je. Il me paraissait incongru de pouvoir guérir de mon deuil, et de contempler à nouveau la contrée des vivants. Paule emmenait avec elle notre lieu et ma force.

Du temps a passé, celui-là même qui n'a plus voulu de Paule. Le temps, qui apporte la peine, se charge aussi de l'adoucir et c'est un curieux effet de le voir travailler à nous détruire avant que de nous soulager. Mon deuil a presque disparu : je m'en effraie comme d'une lâcheté.

« On ne peut vivre toujours avec les morts » m'a dit Madame Outsander, qui a deviné sur mon visage et dans mes gestes tout ce que jamais je n'ai osé lui dire. « Ou alors, il faut tout de suite faire son choix ! Mais si l'on continue, rien ne sert de s'accuser, vous n'avez rien trahi. J'ai connu cela, savez-vous… »

Elle pleurait. Je l'ai serrée dans mes bras. « Prenez garde à votre anémie… » m'a redit le curé qui passait à vélo. Quant à Maltoorp, venu avec sa pioche, il m'a encore laissé un peu de terre dans la main. Les beloteurs de l'Ancre, accoudés à la balustrade du Pont de fer, ont fait de grands gestes, longtemps.

Qu'aurais-je pu encore trouver dans cette petite ville qui a si bien joué de ses qualités de miroir ? Rien de plus que je n'avais moi-même découvert, honteux, serein.

C'est pourquoi l'idée de partir s'était imposée, peu à peu. Même si je sais maintenant que je reviendrai à Feil !

Ce sera alors un cheminement de mémoire autant que de joie car si la boucle de la Meuse, au fil de mon séjour, s'est muée en reliquaire de mon amour défunt, la ville quant à elle garde entre ses vieux murs et contre ses collines, le long de ses ardoises et sous son ciel, dans sa fourrure de forêts et ses rues d'un gris tendre, une promesse rousse et claire, un jeune élan de chair, une flamme immodérée…

Du même auteur :

QUELQUES-UNS DES CENT REGRETS, roman, Balland, 2000 ; Stock, 2007

J'ABANDONNE, roman, Balland, 2000 ; nouvelle édition, Stock, 2006

LE BRUIT DES TROUSSEAUX, récit, Stock, 2002

NOS SI PROCHES ORIENTS, récit, National Geographic, 2002

CARNETS CUBAINS, chronique, Librairies initiales, 2002 (hors commerce)

LES PETITES MÉCANIQUES, nouvelles, Mercure de France, 2003

LES ÂMES GRISES, roman, Stock, 2003

TROIS PETITES HISTOIRES DE JOUETS, nouvelles, éditions Virgile, 2004

LA PETITE FILLE DE MONSIEUR LINH, roman, Stock, 2005

LE RAPPORT DE BRODECK, roman, Stock, 2007

PARLE-MOI D'AMOUR, pièce en un acte, Stock, 2008

LE PAQUET, pièce pour un homme seul, Stock, 2010

L'ENQUÊTE, roman, Stock, 2010

PARFUMS, récit, Stock, 2012

JEAN-BARK, Stock, 2013
L'ARBRE DU PAYS TORAJA, roman, Stock, 2016
AU REVOIR MONSIEUR FRIANT, roman, Stock, 2016
INHUMAINES, roman, Stock, 2017
L'ARCHIPEL DU CHIEN, roman, Stock, 2018
COMPROMIS, théâtre, Stock, 2019
FANTAISIE ALLEMANDE, roman, Stock, 2020

Ouvrages illustrés

LE CAFÉ DE L'EXCELSIOR, roman, avec des photographies de Jean-Michel Marchetti, La Dragonne, 1999
BARRIO FLORES, chronique, avec des photographies de Jean-Michel Marchetti, La Dragonne, 2000
AU REVOIR MONSIEUR FRIANT, roman, éditions Phileas Fogg, 2001
POUR RICHARD BATO, récit, collection « Visible-Invisible », Æncrages & Co, 2001
LA MORT DANS LE PAYSAGE, nouvelle, avec une composition originale de Nicolas Matula, Æncrages & Co, 2002
MIRHAELA, nouvelle, avec des photographies de Richard Bato, Æncrages & Co, 2002
TROIS NUITS AU PALAIS FARNÈSE, récit, éditions Nicolas Chaudun, 2005
FICTIONS INTIMES, nouvelle, sur des photographies de Laure Vasconi, Filigrane Éditions, 2005
OMBELLIFÈRES, nouvelle, Circa 1924, 2006
LE MONDE SANS LES ENFANTS ET AUTRES HISTOIRES, avec des illustrations de Pierre Koppe, Stock, 2006
TOMBER DE RIDEAU, avec des illustrations de Gabriel Belgeonne, Jean Delveaux, Johannes Strugalla, Æncrages & Co, 2009

Quelques fins du monde, avec des illustrations de Joël Leick, Æncrages & Co, 2011

Rambétant, avec des photographies de Jean-Charles Wolfarth, Circa 1924, 2014

Inventaire, avec des photographies d'Arno Paul, Light Motiv, 2015

De quelques amoureux des livres, Finitude, 2015

Au tout début, Æncrages & Co, 2016

Higher Ground, avec des photographies de Carl de Keyser, éd. Lannoo, 2016 (a paru chez Glénat en 2017 sous le titre Hauteurs : Ararat)

Le Lieu essentiel, entretiens sur les montagnes avec Fabrice Landreau, Arthaud, 2018

Un monde de fous !, Éditions de L'Aube, coll. « Le 1 en livre », 2020

PAPIER À BASE DE FIBRES CERTIFIÉES

Le Livre de Poche s'engage pour l'environnement en réduisant l'empreinte carbone de ses livres. Celle de cet exemplaire est de :
300 g éq. CO_2
Rendez-vous sur www.livredepoche-durable.fr

Composition réalisée par MAURY-IMPRIMEUR

Achevé d'imprimer en France par
CPI BUSSIÈRE (18200 Saint-Amand-Montrond)
en décembre 2021
N° d'impression : 2061953
Dépôt légal 1re publication : janvier 2017
Édition 02 - décembre 2021
LIBRAIRIE GÉNÉRALE FRANÇAISE
21, rue du Montparnasse – 75298 Paris Cedex 06

72/5313/7